铁扬文集

中短篇小说 美的故事

铁扬 著

4

作家出版社

图书在版编目（CIP）数据

美的故事 / 铁扬著. -- 北京：作家出版社，2025.6. --
（铁扬文集）. -- ISBN 978-7-5212-3314-8

Ⅰ. I247.7

中国国家版本馆CIP数据核字第2025B7W652号

美的故事

作　　者：铁　扬
装帧设计、插图附图：铁　扬
策　　划：颜　慧
责任编辑：陈亚利
美术编辑：李　星　丁奔亮
出版发行：作家出版社有限公司
社　　址：北京农展馆南里10号　　邮　　编：100125
电话传真：86-10-65067186（发行中心）
　　　　　86-10-65004079（总编室）
E-mail:zuojia@zuojia.net.cn
http://www.zuojiachubanshe.com
印　　刷：北京博海升彩色印刷有限公司
成品尺寸：140×203
字　　数：147千
印　　张：8
版　　次：2025年6月第1版
印　　次：2025年6月第1次印刷
ISBN　978-7-5212-3314-8
定　　价：500.00元（全五册）

铁扬自画像 2024 年作

1997年在罗马旅行时

1998年在画室

2007年在冀西山区

2016年在画室

夜之过　　　　（十续）

铁郎

　　夜合围，树叶落尽，夜里月光是白天的。人走的望着和自己的影子玩多玩高。有时人踩着自己的影子走，有时影子踩着人。人人朝着自己该去的地方走。走着，干什么，去"扎堆儿"对坐，那些死或有灯或无灯，或有炉火或无炉火的房子里，或有酒，或无酒，扎堆儿对坐就已够的，就有欢乐。

　　过完的已朝着一个衙门走，这字衙门之贴着上年的对联：忠厚传家久，诗书继世长。这对联是永着这流人的风格。这流人大多忠厚，切有读书的传统。但即使朝这门走着的人，有写又断字，而识文不断字的。

人屈原后代的一支移民，但我们又拿不出证据，不便攀此"高枝"。只有一个现实可做联系，就是我们在村子里所处的小街，不叫街，叫"巷"—— 屈家巷。巷这个称谓在我们那一带是不存在的，巷字显然来自南方，也许楚国？

我出生的村子叫停住头，一个奇特的村名。停住头倒是一个古村落，据说它与西汉时王莽和刘秀之战有关：王莽将刘秀追到这村，刘秀在此"停驻"多时，故得名。

据考，王莽和刘秀并没有在此争战。追赶刘秀的是当地一个叫王郎的人，刘秀当时受命平定叛乱于此地，而后，刘秀灭王郎在此登基为东汉。

从童年到少年，我和我那些亲人、乡亲相处，觉得那时的生存状态尽是自然而然。天黑时，你眼前才是一盏棉籽油灯，掀开锅是一锅小米夹杂薯类的稀饭。而有的乡亲他们眼前连棉籽油灯和小米稀饭也不存在，但从这里诞生出来的故事让我终生难忘。

许多朋友都说我画画写文章和我的父辈有关，反正我身上流淌着的是他们的血液。他们的性情附在我身上。

祖父是位旧军人，他早年入北洋新军，属直系，历经军中各阶级，还乡为民时，他是孙传芳麾下的一名将军。他曾和孙结拜兄弟，1924年和孙进入杭州那天，目睹了雷峰塔的倒塌,他常觉得这给直系带来了晦气。

祖父对雷峰塔倒塌的目睹,也激起我奶奶对《白蛇传》里白素贞命运的关心。白蛇素贞的故事就是奶奶所讲故事中的一则"重头戏"。

奶奶是位普通乡下人,但她心中自有一个"外部世界",童年的我和奶奶同睡一个炕,便常随着她在她的外部世界里"漫游"。她从白素贞的故事里忽而又转向了汉口,她说:"紧走慢走,一天走不出汉口。"说的是汉口地域之大。她说城陵矶人卖鱼把鱼头和鱼身分开卖;在保定居住时,她爱看学生演的文明戏,她会唱《复活》里的一首洋歌:"啊,我的喀秋莎,你还记着那往事吗?捉迷藏在丁香花下,我跌倒泥坑你把我拉……"后来我得知,这是夏衍根据托尔斯泰小说《复活》所作话剧里的插曲。

父亲跟祖父走过南北,他受过良好的私塾教育,是位中西合璧的医生,是当地国共两党的创始人之一,且是一位"杂家"。他在当地推行新文化运动,创办新式学校,和一位在当地传教的瑞典牧师交朋友。他自己作诗、谱曲、写剧本,连戏曲舞台上的锣鼓经都有了解,这使得童年的我就知道锣鼓经里有"四击头""水底鱼""败锣"一类。

当然父亲对我的教育不只锣鼓经这类,抗战初期在无学可上时，他督我读了大量的带启蒙性的汉语读物，如《三字经》《弟子规》《千字文》。还有更"深沉"的文字，如："曾子之妻之市，其子随之而泣。其母曰：'女还，顾反为女杀彘。'妻适市来，曾子欲捕彘杀之……"

在我的少年时代，作为父亲子女的我们只有一条路可走，那就是出家门参加"革命"，在我们那里叫"脱产"。我脱产了，先在革命队伍的后方医院当"医助"，学习配置软膏、打针，钳出战士身上陷着的子弹，参与截肢手术，还做过助产士的助手，看婴儿和母体的分离过程。在以后的日子里我进过被称作革命摇篮的"华大"（华北大学）。考入"中戏"（中央戏剧学院），才是我进入艺术领域的正式开端。在选择文艺院校时，我选择了它。我欣赏它教学内容的"杂"。除了有名画家教你严格的油画技法外，还有戏剧大家教你去了解戏剧的方方面面：从欧里庇得斯到汤显祖，从布莱希特到欧阳予倩的"春柳社"，而讲名著选读的教授要你一口气读完莎士比亚、托尔斯泰、契诃夫……

中戏陶冶了我，至今我常常记起在那里每个宝贵的这样那样的瞬间。

要说我应该成为一位舞台美术家的，但阴差阳错我却成了一位专职画家。

二

我所以喜欢弄点文字是因了我心里的故事太多，而这故事大多源于我的童年，童年的记忆是顽固的，它明晰可鉴。虽然零星琐碎，琐碎到你家鸡的颜色、狗的叫声、土墙和柴草的气味……春天枣树开花了，燕子回归了，它们整日衔新泥，修补自己的住所，那时连窝上增添了多少新泥我都心中有数。

当然，身边的故事不仅是枣树开花、燕子衔泥，我身边还有与我日夜相处的亲人和近邻，他们给予我的温暖和爱以及许多美好瞬间伴我终生，就像我永在童年。《美的故事》那么美，在村中她是美的化身，她的美感染着全村，她的消失使一个村子变得寂寥。写这些故事不用任何虚构，一只大碗内涵着人类的最高尚的道德标准。丑婶子、团子姐，在我的思维中永远不会泯灭，这些老的村事好像又联系着后来我在太行山中认识的二丫头、菊菊和"小格拉西莫夫"们。和他们相距甚远又像离得那么近，一块写出来就成了一种自然。

当然，往事也不尽是美好，也有难以想象的惨烈，如同我在《生命诚可贵》中写到的那三位烈士，几小时前我们的军分区司令员还站在我家院中同我父亲天南海北谈着话（那时我注意到他的裤腿上还沾着赵州特有的黄土），几小时后因一场对日军驻地的攻坚战，司令员便成了一名烈士，烈士的鲜血洒在赵州这块土地上。

我的故乡在冀中赵州。

记得李贺有这样的诗句：买丝绣作平原君，有酒唯浇赵州土。我没有研究过其具体情境，他为什么有意把美酒洒在赵州。而抗日烈士洒在赵州的不是美酒而是鲜血。美酒和鲜血联系的都是赵州的黄土。

那场惨烈的战斗结束了，几天后我又有了新发现，我家的一棵绒花树上入住了一只布谷鸟，布谷鸟的入住牵动着我的心绪，它使我兴奋好奇。不久它失踪了，扔下两只刚出生几天的幼鸟。于是我的兴奋和好奇又转成止不住的心痛和悲伤。它使一个少年的情绪变得那么低迷，那么孤单无助。但这少年自此开始成长了，他懂得了"研究"这个词。后来他对这只布谷鸟失踪事件的研究持续了几十年。

虽然并无结果，但他还是在等待，等待再有一只布谷鸟入住在他的眼前，好了却他的一件心事。

或许这种等待是无结果的等待，在人生有限的旅途中其等待或许大都无结果吧。

三

现在我是一位艺术家，在本文集中也有一些关于艺术的叙述，要叙述就会带有自己的局限性，文集中有篇散文《大暑记事》，说的是儿时在家乡看演出《六月雪》时的感受，它道出了感觉对艺术、对艺术家的重要。

之后我有幸进入艺术行，听专家们讲感觉造就出意境，意境在演剧学里是独立成章的。其实感觉难道只存在于演剧学中吗？原来画家、诗人经营自己的事业都是感觉在先的。如今我每次在为年轻学子讲课时，为阐明感觉之重要都举例说明："黄河之水天上来"（李白），"黑云压城城欲摧"（李贺），"霜叶红于二月花"（杜牧），以及毛泽东的"苍山如海，残阳如血"一些名句，诗人都是靠了超人的感觉才萌生出如此出人意料的诗句。

后来我学习绘画，再次体会到面对描写的对象，面对面前的画布或纸，也都是感觉在先的。于是绘画语言、形式感比自然形象更真实的形象都是靠了画家敏锐的感觉。我们没有能力画够一棵树的所有树叶，再写实的画家也不可能画够一个人的头发数量，但却能画出比那棵树、那个人更真实、更传神的形象。于是艺术才诞生了。

书中还涉及艺术的其他方方面面，比如演剧学到底是一种怎样的学问。有几次我有幸参与过表演行当，并为表演者做指导。对斯氏体验派和布莱希特的表现派到底哪一种更接近表演艺术提出疑问，后来一个乡村女孩为拍一部电视短片（我们邀请的剧中人）回答了我的问题，原来没有表演的表演才更接近于艺术的真实，这真实本来自生活，是生活的再次复活，使你相信了他的"表演"。

我读契诃夫，发现他有同样的论述，他说："文学所以叫作艺术，就是因为它按生活的本来面目描写生活，它的任务是无条件的直率的真实。"

没有表演的表演是作家艺术家早有的论断。但我又不怀疑布莱希特的论点，他主张戏剧艺术的间离效果。间离效果，顾名思义是不需要生活的真实的，一切表现派艺术（戏剧、绘画、雕塑）都是靠了间离效果。如中国戏曲的

"切末"演出形式：马鞭一举就上了马，人走在画着车轮的旗子中就是坐车。间离效果拉开了与任何自然的距离，却增加了艺术的欣赏价值。

文集中有关艺术的论述只记述了我在从艺过程中的一些琐碎。这些琐碎有些看似平淡，但它们顽固地留在了我的记忆中，有些还在记忆中酝酿发酵，竟然形成了我的重要绘画题材。比如那个"河里没规矩"的故事，是我终生难以画够的题材之一。"炕头"在我脑子里占有的地位远远超过了那些我在异国他乡见过的新鲜。那些健康明丽的女孩，有了炕头的存在，她们才回归了自然。反之，炕头上有了那些健康明丽的女孩，也才温暖了。还有大暑天为我做裸体模特儿的那些女孩，被我支使来支使去，最后成为我作品中的人物。她们成全着我，成全着艺术中那些诸多因素。

当然我没有放弃对心目中那些艺术大师的尊重，有些虽称不上大师，但我欣赏他们，如丹麦的海默修依、德国的诺尔德，还有忽上忽下的俄国画家费逊。我追寻他们的足迹，是因为他们对艺术的天真和执着。从艺是需要几分天真和执着的，执着地不为任何潮流所撼动，也无心指望形成什么大热闹，只希望留给艺术界，留给人间几分纯净，抛弃的是所谓的轰动效应。

四

关于散文和小说之间的区别，在大学读书时就听老师讲过，但我主张对它们的概念还是模糊一点好；就像作为画家的我，同行们也难以把我归类，我也不主张把画家的行当划分得那么细致入微，这就又联系到我的兴趣和性格。"杂"一点好，这也是童年时我从父亲身上学到的。他的本行是医生，又是位社会活动家，他告诉过我，"立陶宛"不是一只碗，钱塘江的入海口比黄河、长江都宽，纽约有条橡皮街；他读着五线谱教我们唱歌，也会用工尺谱谱曲。每当我的思绪回到童年时，父亲便出现在眼前，他的出现使我做事坚定了许多，不再左顾右盼。

在读许多大师对于文学的论述时，他们从来不计较一篇文章的文体，他们注重的是文学与人类社会的关系，他们要描写的是人类的生存状态。

就像他们也告诉你"立陶宛"不是一只碗一样简洁明了。我发现越是大部头的作品其容量越有限，就像越是艺术文学大家越不喜欢炫耀和"飞毛参翅"的虚假描写。我读契诃夫，他写道："作家使用平凡的生活题材描写要朴实，不要用效果取胜。"他又写道："海笑了，怎么回事。海不笑，不哭，它哗哗地响，浪花四溅，闪闪发光。"就像托尔斯泰的写法："太阳升上来，太阳落下去……鸟儿叫……谁也没笑，谁也没哭，这才是顶重要的朴素。"

五

但我是一位画家，我还有自己一座具专业规模的美术馆，那里陈列着我作为画家的劳动轨迹。画家、艺术家本身应是一位劳动者，常有友人或记者问到我劳动者的特征，我说劳动者起码要有三个特征：第一，他的劳动是要讲效率的，效率就是劳动量，比如摆摊修鞋、修车的，劳动没有量，他的生活就没有保证；第二，他必得有清贫意识，但不是穷人，也绝不是富翁；第三，应该有自己的作坊，叫画室也好，叫书房也好，是一个得心应手的劳作场所。

我还说过，年轻时，总觉得画家之所以为画家，是靠了他们超常的智慧。待到画得有把年纪时才发现画家那劳动者的本质。艺术史上记录的首先是他们劳动的轨迹。劳动也再次开发着他们的智慧。

劳动轨迹证实着我没有徒有虚名。也就是在自己的美术馆开馆的研讨会上，与会朋友自然说了不少好话，说这馆之美，说馆中作品之美，当然所陈作品是我从上千件作品中选出的少数。转眼我从艺已七十余年，那么我是艺术家，有馆中的劳动轨迹做证明。

也就是在这次研讨会上，不少朋友还提到我的文学活动。甚至有人说，我的文学作品优于绘画作品。我不愿意把我的绘画作品和文学作品做比较，因为其中有我最真实的感情投入，我是遵循有感而发的，有时我放下画笔拿起文学书写之笔，那都是我欲望的驱使，也是我心中故事的驱使。故事有的变成了散文和随笔，有的变成了小说。我所希望的是，文章中的那些人物能给读者留下印象，他们给人留下的印象不仅属于一个人，也属于那段历史和一个民族在那段历史中的生存状态。

铁扬

2025年早春于铁扬美术馆工作室

目录

湖畔诗

美的故事

美的故事

我们村种棉花，种洋花，也种笨花。我们村就叫笨花村。

我们村管棉花叫花。每年当枣树长出新芽时，花籽下地，种花人精心侍弄一个夏天。"立秋见花朵，处暑卖新花。"立秋时开始摘花，处暑了新花上市。

摘花论"喷"（pèn），经过头喷、二喷、三喷、四喷乃至五喷的采摘，至霜降采摘结束。头喷花开得生涩不舒坦；四喷五喷花色纷杂发红，花朵萎缩；二喷三喷最"英实"，是花的上乘。花主们为看住这好花，在花地里搭起窝棚看守。这窝棚用竹弓和草苫搭成，一半含于地下，一半浮于地面，里面铺上新草和被褥，是个温馨的窝。于是便有女人打这窝棚的主意了，有闺女也有媳妇。她们早出晚归出没于花地，在窝棚里和看花人缠磨、搭讪、撩拨着情爱挣花。这风俗叫"钻窝棚"。于是"钻窝棚"就成了花地里的一道风景线。窝棚里的故事在村子里游走传说，给一个村子增添着滋味。

在我的少年时，村里有个"钻窝棚"的闺女叫"美"，姓罗，没娘，和父亲住在一起。美的父亲叫"印"，是个杀猪的把式，专在过年时替村人杀猪。美，人长得美，衣服也穿得美。但她平时很少出现于人前，即使在缤纷的花季。越这样，美身上就越增加些神秘色彩。于是便有人专门研究寻找美的出没规律：黄昏后，美要出现，她要向夜幕中的花地里走。这时看美，看得模糊。在夜幕中她闪出街门，闪出村口，转眼就消失在夜幕中，只有她围在脖子上的那条月白色围巾，飘荡在最后。美出门总要围一条月白色线围巾。她一只手攥住围巾的一角，把半个脸和嘴遮起来。只在月色好时，你才会看见她那得体的腰身和摆动着的肥裤腿。那时肥裤腿正时兴，一条裤腿宽一尺二，恰似现在的喇叭裤。

等到鸡叫三遍，东方出现晨曦时，大地会被一层霜雪覆盖，四周如同白夜。美这时要向村里走。她走得很快，半个脸还是被围巾遮住。走近了，你会发现她的眼光一闪

一闪，那眼光特别，像是"嫌"你，又像告诉你，这有什么可看的，一次平常的归来罢了。如果不是她肩上那一包袱花作证，你怎么也不会认为，美是钻了窝棚的，说赶集、串亲戚归来都可以。美迎着看美的人走过来，看美的人倒有些自愧地躲进一个黑暗角落，开始研究美肩上那一包袱花的分量，计算着这一夜美曾和几个男人幽会过。有人或许还会对美生出疼爱之情——好大的一包花。

那时我也愿意看见美，我看美自然不在黄昏，也不在晨曦中，而是到她家中。美的父亲替村民杀猪，逢年时，美家那个不大的院子里，就会支起杀猪锅。喂猪的人家把猪四蹄捆起，抬到美家，等待宰杀。

一只猪要配上两捆烧柴或秫秸或花柴。给猪煺毛要把一大锅水烧热。有时猪和烧柴要在院子里排起队来。村中并非只美一家杀猪，印杀猪的手艺也并非上乘，有时一刀捅不死一只猪。捅猪像表演，猪就在杀猪把式的表演中瞬时被结束了生命。那时，它被按在一块齐腰高的石板上，把式一手扳住猪的拱嘴，使猪的脖子朝天，另一只手操起柳叶刀，刀尖直逼猪的脖子，然后一刀下去，刀尖穿过脖子还要直捣心尖。猪血泉涌似的从刀口喷出，猪动弹几下，转眼间活猪变成死猪。印捅猪有时捅得准有时捅不准，捅不准时猪会带着柳叶刀从石台上蹿下，在院里疯跑，把人们冲得四散。这时人们一面躲着猪一面笑话印的手艺。印也讪笑着用两只带血的手和两条带血的胳膊去追猪……也有人说，印杀猪连猪头猪腿上的毛也刮不干净，白搭了两捆柴火。但一个笨花村还是往美家送猪的最多。这自然和美的美有关。人们守着猪等杀，也在等待一个时刻——美的出现。印终有喊美的时候，美从屋内一闪出来。这大半是印要什么家什，美现在只是个送家什的，对院里的猪和人像是视而不见。但一院子人都兴奋起来，顿时忘掉印的手艺，目光便从死猪和活猪的身上转向来送家什的美。原来这猪到底没有白白送给印宰杀。有多事者一面拿余光瞟着美，一面又忙不迭地在男人群中开始寻找。他们寻找的是谁在窝棚里和美有过欢乐。要找到这人也不难。不是正有人低下头，红起脸了吗？美不在意眼前的一切，她放下手里的家什，低着头踏着猪和柴草的空隙，跳跃似的向屋里走去。人们以自己的观察和猜测验证了该验证的一切，相互传递着眼神。那一两个红脸的男人，脸更红了。

这时的我站在我家的猪前，假装美对我并不重要，我要看的是我家的柴火和猪。我看美还有更属于我的时刻，那时我可以和美站个脸对脸。

美和花的"交道"不只是靠了窝棚里的"事业"。

她在家里还做着和花有关的生意 —— 用花生换花。或者说别人用花换她的花生。从摘花时节起,美便把趸来的花生装在一个大布袋里,再把布袋戳在她睡觉的炕上。有人便拿着花来找美,来者大半都是些男孩,大人不来,想着避起嫌疑。我常从家里"偷"出两口袋花来找美。以花换花生过程很简单,也不需语言交流。我把花从口袋掏出来,在美的炕上堆成一小堆,美走过来把花用手拢一拢,估摸一下分量,掐起来扔上她的花堆。美的炕上有个齐腰高的花堆。花很杂,洋花、笨花、紫花都有,使人浮想联翩。她把我的花扔上去,就去布袋里捧花生。花生被她捧出来,也堆在炕上,让你自己去收,一个交换过程完成。双方没有任何争执和计较。我也相信像美这样一个美人是不会骗人的。

我离美很近,她的手很粗糙,上面还有零零星星的裂口,不似她的脸白净细腻。我还闻见美头上的油味,美头上是要使油的 —— 棉花籽油。

我已经把花生装进口袋,手摸着口袋里的花生,心怦怦跳着,想着赶快离去,却仍站着不动。这时的美就把眼光直指向你。那眼光似善似恶,好像在说,还不快走,花生还少吗?又像在说,知道你不单是来换花生的,别看你是个孩子。

可我从未听见美说话，但常听见与窝棚有关的大人说："美，可会说哩。"他们说美会说话，还述说着和美在窝棚里的"风情万种"。

风情万种是我现在想出的形容词。他们对这男女之事说得直白，说得粗俗，都说是亲身体验过的。只有那个晚上串窝棚卖糖卖烟的小贩（糖担儿）最了解底细。笨花村一带有个习俗，糖担儿何时进窝棚也不为过。他可以在窝棚里任意放肆。他知道美和谁果有其事，谁又是自作多情。而美全身的美他也知道，连美身上藏着的痦子他也见过。

后来抗日了，村里养猪的少了，种花的不再有心思去侍弄花，花地里的风景也成了历史。美也消失了。有人说她跟一个女干部走了，投了八路；也有人说她被炮楼上一个翻译官领走了。直到抗战胜利后，美的下落才得到证实：她做过翻译官的太太。1945年日本投降后，八路军大反攻，拿下了那个炮楼。有个翻译官被打死，这个翻译官的遗孀果真就是美。之后，美只在笨花村出现过一次。她黄昏时进村，在头发上绑了一个白布条，美和那个白布条一闪即逝，再无人知道她的去向。也有人说那是随风而化。再后来美那个杀猪的父亲印也死了。

我常看见有人通过美家少了窗纸的窗户，去看美睡过又存放过棉花和花生的那盘炕。有人说他看见了炕上有残存着的零星花瓣。

2007年初稿

2009年9月再改

发于《十月》2010年第1期

丑婶子

一

丑婶子的丈夫叫丑。

丑婶子过门时没坐轿，只乘了一辆红围子细车。细车跟在一匹高头大马后面，她的丈夫丑骑在马上。丑穿一件蓝布棉袍、戴灰呢礼帽，礼帽上插两串金花，宛若戏台上的"驸马"。丑的礼帽是租来的，再穷的人家办喜事，男人也要租上一顶礼帽。出租礼帽的人家也出租成摞的粗瓷碗和细瓷碗。丑家的日子拮据，但丑生得伟岸高大，骑在马上就更显排场，脸上且有一种说不清的神情，马也走得潇洒自在。那马在丑家门前止住。丑不顾身后的细车和车里的丑婶子，更不和乡亲寒暄，拍打着自己径直向家中走去，这使人觉得他正冷落着后面的一切。丑平时就有冷淡一切的气质。

细车跟过来也在门前止住。有人替丑婶子撩起门帘，丑婶子跳下车来。她跳得自然而然，对眼前的一切看不出有什么陌生和惊慌。新媳妇过门，脸上都要带出惊慌的。

丑婶子是一个不丑不俊的平常人。她个子偏高，胸扁平，走路时头稍向后仰。现在她走下车来，仰着头，双手梳理着她那一头齐肩发，被几个邻家妇女照应着，走进丑家。

二

丑是我的表叔，属姑表亲戚。丑的上辈不是笨花村人，属于从外村来的"移民"。丑家和我家住得近，只有一街之隔，但两家生活存有悬殊。我家在村中属富户，常年能吃二八米①窝窝。丑家的生活过得拮据，虽然常得到我家的接

---

① 二八米：八成细、二成粗的小米面。

济，但生活仍陷于窘迫。我觉得这和丑的性情有关。他是一位不顾家只顾自己的人。为人孤傲，少言语，和家人像存有隔膜。丑的母亲常对人说："外人一样。"这大约是她对儿子最具形象的形容。

丑不和家人拉扯生活，自有个人的生活情趣。丑婶子过门后是怎样和丈夫接触的，她从不向人提及，但人们觉得，丈夫对她必定是少热情的。因为一个新鲜的丑婶子，很快就成了我们家的常客。

丑婶子来我家不只为消愁解闷，她用干活儿充实自己吧。她手大脚大，干活儿麻利，且有眼力见儿。洗菜、烧火、烫面贴饼子、浆线子、待布……都不显出"力拔"①。就此，丑婶子得到我们全家的待见。再有，丑婶子来我家干活儿不取报酬，不吃不喝。饭熟了，她走了。这使得我们全家常存有歉意。每逢这时，我奶奶一个爱"絮叨"的人，常埋怨我娘没有"看住"她。我娘便试着为她设下"圈套"去挽留。饭将熟时，丑婶子刚止住风箱，我娘说："他婶子，再去喂趟猪吧。"丑婶子站起来笑笑说："赶明儿吧。"话刚落音儿，灶前便没了丑婶子。她小跑着跑出我家。我

---

① 力拔：生疏。

常看见她小跑着的背影，身子向后仰着，两只手梳理着她那并不显乱的黑发。

三

丑叔并非不愿做事，他只顾做自己愿做的事。现在有人发现他腰里有了枪。那枪也不是好枪，是一种叫"单打一"的土造盒子炮。这东西乍看去和驳壳枪差不多，可经不起细看，细看是本地铁匠打制而成。一次只装一粒子弹，射程也短，出膛的子弹忽左忽右飘忽不定。可它是枪，是枪就能给人以威胁。持枪人也就有了一种身份。

这是一个乱世。日本人打进中国，打进这县，正推行一种"以华制华"的政策，网罗青年集结成"军"，帮他们完成"大东亚战争"。与此同时，有志之士也正拉起队伍，誓与日本人决一死战。但丑叔目前不属于这两种势力范围，他另有所投。这是一种拉起山头，打造些土枪、土炮乘机作乱，祸及一方，只为图个私利的团伙。丑入的是这一伙。外村先有议论说：有人被绑了票，找笨花村丑使钱"说票"就能放人。原来丑叔持枪专为帮人说票。绑票是土匪为勒索钱财绑人质，说票是说合土匪放人。丑叔帮人说票，使人质转危为安，也落了个好名声。

四

丑婶子的神情便有些落寞，我奶奶对我娘说："看，愣怔了。"愣怔是村人对于精神落寞、神不守舍人的形容。

原来丑婶子的落寞并非只因丑叔目前的行为所致。人性的发展有时就像开了口子的河，想堵都堵不住。果然，丑叔在笨花村消失了，没有人再到笨花村找丑叔使钱说票了。他投了日本。如果用人以群分来形容，丑分在了不顾中国人的水深火热、为虎作伥的人群。

落寞的丑婶子来我家少了，做事也失去了以往的眼力见儿。一次在一个黄昏，她把我娘拉到黑暗处说："嫂，并非我不愿再来这院。我只是不愿见人了。"我娘懂了。我娘在黑暗中努力看着丑婶子说："来吧。"说完，两人对脸站了一阵，丑婶子才走，走时还是向后仰着身子，两手梳理着齐肩的黑发。

五

丑婶子没有再来，她走了。丑叔把她偷着接走了。接到县城，她做了一个皇协军班长的"太太"。皇协军应该叫伪军。当地人管皇协军叫"黄鞋"。其实皇协军并不穿黄鞋。我见过当了皇协军的丑叔，穿着黑布鞋，一身黄不黄绿不绿的军装，那军装做工粗糙，尺寸也不尽合身。大檐帽也小，顶在丑叔头上像一张煎饼，这打扮倒使丑叔失去了"伟岸"。

我为什么能见到丑叔，因为他救过我，使我大难不死。一次，日本人伙同皇协军来笨花村"扫荡"，到我家抓做抗日工作的父亲，扑了空，就把我作为人质抓起来。日本人把我交给两个皇协军，他们用枪押着我，让我到后街小学校里集合。皇协军在后面不住拉动着枪栓，枪口有时还顶住我的后脑壳，我心惊胆战地跟他们走。这时丑叔迎面走来，手里端着枪，头上顶着"煎饼帽"，他看到我愣了一下，我想喊他，他却向我摇了摇手走过去。我失望地向后看看，见他站在原地目送我离去。

学校里被抓的人很多，我个子小，蹲在人群中，这时丑叔却走到我身边，弯下腰对着我的耳朵说："厕所在东南角。"我领会了丑叔的意思，悄悄向厕所溜过去，丑叔也跟过来，猛然把我抱起"扔"过了厕所的土墙，墙那边就是茂密的庄稼地。

这是我唯一一次见到当皇协军的丑叔，他放了我，使我免遭灭顶之灾。许多年后，我还想起他把我扔过墙的那一刻。我们是表亲呀！

六

丑婶子走了，很少回村。我家人谁也不怪她，大家都记得她那句话，我不愿见人了。时下，抗日战争正值白热化，日军正实行着"三光"政策，抗日军民同仇敌忾的气势正一日高过一日。难道丑婶子还会回村吗？村里有个进城卖花椒大料的小贩常见她。说丑婶子穿着比过去新鲜，头发上还使着油。乡人看女人，很在意头上的使油，使油是一个标志。什么标志？"档次"的标志。穿着新鲜的丑婶子，在城里当街常和乡人打招呼，她说她很想念笨花。还悄声问村人，那一次"扫荡"村里受害大不大，问我家受过损失没有。听话人把话传回来。传时还不忘形容她头上使油的事。我奶奶说："一个太太哩。"话里褒贬皆有吧。然后又说："跟着丑也是个归宿。"我娘也说："总比丑冷淡着她强。"

七

久不回村的丑婶子，突然回了村。

彼时我已是儿童团的一员，专做站岗放哨监视坏人的工作。这天我和几个伙伴正在村口站岗，看见从远处走来的丑婶子。丑婶子走到我跟前猜出我的任务，叫着我的小名说："不盘问你婶子吧？"一时间我真不知道如何回答，看看站在我身旁的同伴。同伴悄悄推了我一下，我觉出同伴这是同意放丑婶子进村，而我还在犹豫。这同伴又把我拉到一边悄悄对我说："她不是你婶子吗？"我想到她过去的好处，又想到丑叔放我脱险的事，决定放丑婶子进村。我走到她面前说："都说叫你过去哩。"丑婶子脸上显出些欣喜地问我："我哥哥在呗？"她说的哥哥就是我爹。我对她说，在家。她向村里观察一阵似有警觉地走去。我想起有人说丑婶子头上使油的事，果真有一股油脂味从她身上飘过来。我还看见她脸很苍白，眼圈也黑，神情恍惚不定。

我放丑婶子进了村，还必得对她做些调查 —— 对这个从另一个阵营来的人，这是我的责任，我紧跟了上去。

丑婶子进村后，左顾右盼地走着。她不进她家却进了我家。在我家前院，径直走进我父亲开办的那个中西小药房。我父亲是医生，现在他和他的药房归了抗日医院。

我父亲接待着丑婶子，我听见他们正在屋内说事。丑婶子诉说着自己得了一种病，我父亲询问病情，丑婶子回答着。我父亲问："小便呢，混浊不混浊？"丑婶子听不懂，我父亲又问："小便混不混？"这次丑婶子听懂了，压低着声音说："唉，净尿混尿，都说不出口。"

……

我不好意思听丑婶子说尿尿的事，跑进里院，把丑婶子找我爹的事告诉了我奶奶和我娘。我奶奶说，怎么不来里院。

丑婶子当然要来里院的。她看了我奶奶和我娘，带着几分慌张和羞涩。她不提时局，也没有提找我爹看病的事，只问了我奶奶壮不壮就告辞了。只待吃晚饭时，我奶奶才问了我爹丑婶子得了什么病。我爹开门见山地说："花柳①、花柳。"我奶奶沉吟一阵说："丑，快遭天打五雷轰吧。"她知道丑婶子的病是丑招给她的。

后来，我父亲给丑婶子开了药，吃了，听说好了。

八

进入相持阶段的抗日战争，敌我双方呈胶着状态。每个战役敌我双方都有伤亡，我方战士阵亡称牺牲，日军阵亡称战死，至今我不知该怎么形容皇协军的死。在某一次的战役中，丑叔死了。我方的子弹击中了他的头部，头部开了花。后来尸体运回笨花村，村人还是通情达理地让他埋入笨花村的土地。下葬时有人看见他是没了头的。丑婶子没有生育，她为他戴着重孝。她扶着他的棺材从村里哭到村外。当棺材入土时，丑婶子决心也要跳入墓穴中。她哭喊着："丑，我要跟你去呀！"我娘和几个女人紧拉着她，大有拉不住的架势。

我站在一旁看，生怕丑婶子跳入墓中。

---

① 花柳：性病。

事后，我娘问我爹，如果没有人拉住丑婶子，她会不会跳下去。我爹幽默地说："没人拉她就不跳了。"

我觉得我爹不该这么说，虽然这可能性存在着。

九

日本投降了，县城解放了。丑婶子没有回笨花村住，她还住在县城。

在解放了的县城里，八路军的文工团要演戏庆祝。那天晚上演《血泪仇》，我和几个伙伴去看戏。戏散得很晚，有人提议找个地方住下，天亮再回笨花村。我便想到找丑婶子。

丑婶子住在一个和乡村一样的院子里，屋里也只有一盘炕，炕也连着锅台。我想起我奶奶的一句话："一个太太哩。"原来丑婶子当太太和平常人没什么两样。

丑婶子是不去看戏的，可我们进门时她屋里还点着灯。她见我们进来说："我约莫村里有人来，真等来了。"她一面说着话，一面忙着笼火、烧水、煮挂面，锅里还卧了鸡蛋。我们都吃了丑婶子的鸡蛋挂面，谁也不提县城解放了，我们看戏看得多么高兴。丑婶子却说，她都听见戏台上敲梆子了。我看着为我们忙活的丑婶子，又想到先前来我家帮忙的那个丑婶子。

十

后来，我工作了，不常回笨花村，每次回村我都打听丑婶子的去向：得知她仍然一个人住在城里。

又过了几年，我再打听丑婶子，我爹说，跟隆太走了。

我知道隆太是谁，解放前他是县城药铺的一个伙计。个子不高，脸和手都很白，岁数不大就谢了顶，显得脑门也白。穿一件白汗褂，袖子向外翻，一尘不染的样子。他为人和气，待人厚道，说话带着外县人的口音。解放后，药铺公私合营，隆太也朝着国家干部的样子打扮自己，穿一套灰中山装，戴一顶灰干部帽。后来到了退休年龄按规定退了休，大约就在这时带走了丑婶子。

我想这是一个再好不过的归宿。走时，她还到丑叔的墓前哭了半宿。有人看见了她。这时我们那里平整土地已不许保留坟头。据目击者说，丑婶子找丑叔的墓的位置大体不错。

2007 年初稿

2009 年 7 月再改

发于《当代》2010 年第 1 期

团子姐

团子姐的爹就是笨花村的"名人"瞎话。瞎话是他的外号，他自有大名。

笨花村人愿意听瞎话说瞎话，人们知道瞎话说的是瞎话也愿意听。瞎话从街里走过来，人们拦住他说："哎，瞎话，再给说段瞎话哟。"

瞎话走得正急，显出一副忙碌的样子说："哪顾得上呀，孝河里下来鱼了，鱼多得都翻了河，我得去拿筛子捞鱼。"

笨花人一听瞎话要去拿筛子捞鱼，就一传十、十传百地传开来，也争着抢着回家拿筛子。孝河常年无水无鱼，孝河两岸的人不知道捞鱼的规矩，也没有渔网，只有筛草筛粮食的筛子。听了瞎话蛊惑的人们拿着筛子奔向孝河堤，却不见孝河有水，河底像先前一样，亮光光地朝着太阳。

人们才忽然想起这是听了瞎话的瞎话，上了瞎话的当。

瞎话有过老伴，早逝，后来和唯一的女儿团子过日子，父女的日子过得很不协调。我家和瞎话同姓向，不近，我管瞎话叫大伯，管团子叫姐。

那时的团子也许十六，也许十七，一张菜黄的瓦刀脸，且有星星点点的浅麻子。她身体单薄，单薄成一个"片儿"，常穿一件蓝夹袄。那蓝夹袄也大，在身上晃荡着，远看像个纸扎人。童年时，我只觉得在村中的女性里，团子姐是最丑的。团子丑也缺心眼儿，常说些不着调的话，也常用贬义词贬斥着她爹瞎话。遇到有人来找瞎话时，团子就会板着脸朝来人说："找他干什么，瞎话摆式的。"瞎话在家不种地，四处游走着替人"说牲口"—— 牲口经纪人。团子一人在家无事可做，便常到我家找活儿干。我奶奶和我娘便好心地接纳着她。但团子姐做事实在"力拔"，让她帮着烧火，她不知火的大小，只一股劲地把风箱拉得执惊捣怪，烟尘和火星从灶膛里向外喷，喷上屋顶，又落在锅盖上、案板上。我娘在一旁笑着提醒团子说："团子，小点劲吧。"团子就说："我不会！"说时也不看我娘，也不看灶膛，哪都不看。锅里的粥倒很欢腾，像是为团子叫好。我奶奶也走过来说："团子，省着点劲儿到婆家再使吧。"

团子说："凭什么给他们使。"我爹好风趣，走过来也说："团子，有一种职业最适合你，当个火车司炉吧，火车保险跑得快。"团子说："谁知道火车什么样，司炉是干什么的？"我爹说："火车自己会跑，不用套牲口，司炉和你现在干的活儿一样，你往锅台里添柴火，司炉往火车头里添煤。"团子还是不明白，问："火车上也有锅台？"我爹说："火车上没有锅台，有锅炉，和锅台的道理一样。"团子不再问，止住风箱，想着。

一顿晚饭在"司炉"团子的鼓捣下，熟了。全家人开始在月光下，围住一块石板饭桌吃饼子、喝粥。团子不用让，她盛上粥，喝起来。但她从不入座，一个人站得远远的，把粥喝得很响，也不就咸菜。她喝得猛，喝得快，也不怕烫，喝光一碗，又盛一碗，再喝光，再盛。全家人一时无话，默认着团子的饭量。只有我对团子的举动很有几分愤懑，心说，明天可别再来了。

几碗粥下去后，团子的肚子并不显"鼓"，人还是像个片儿。

后来团子要嫁人了，瞎话在牲口经纪行为她找了人家，离我们村很远。团子要出嫁，出嫁时穿一身大红染就的粗布裤褂，人仍旧撑不起衣裳。但她是坐了轿的。一顶红轿

和一顶蓝轿在鼓乐声中进了村，团子进了一顶红轿，蓝轿里下来一个女婿，是个孩子。村人猜测着他的年龄，有人说他过了十岁，有人说没过。村人围住这孩子开着没深没浅的玩笑，问他娶媳妇干什么。还有人说晚上尿炕，可别往媳妇身上尿。那孩子红着脸也不搭话。

团子被人娶走了，时常一个人回来，脸上带着忧愁。以前，她脸上从不见这表情。穿着又肥又大的新衣裳，人显得更单薄。她急匆匆跑进我家，拽住我娘和我奶奶，关上门，就开始了对她们的诉说。她声音时高时低，说的都是一些不愿让人知道的事吧。我奶奶、我娘不断插着话。团子说阵子话走了，我奶奶和我娘还要小声嘟囔一阵（怕我听见似的），最后我奶奶都要骂一句："老不死的！"我以为我奶奶这是在骂瞎话，可是又不像，团子姐已经是"娶"了的人啦，早已不再和瞎话过日子。

过了些日子，团子姐又来了，脸上带着明显的惊慌，整个人好像也变了形，一件肥大的上衣竟被肚子顶了起来，还用问，连几岁的孩子都知道，她这是"有了"。我们那里管怀孕叫"有了"，管分娩叫"上炕"。

面对团子姐形象的变化，村人开始议论起那个从蓝轿里走出来的小男人，说："行喽，会办事。"说那孩子真有和团子姐亲热的能力。但，很快就从外村传来新闻。我奶奶骂的那个人也浮出水面。原来团子姐过门后，和她上床的不是那个小男人，是那个小男人的爹，团子的公公。不久从团子肚子里降生出一个男孩，当然也是她公公的。

团子生下肚子里那个男孩——白胖，不知为什么，她却变了一个人。她抱着儿子回笨花村，一副心满意足的样子。人也丰满得不再像个片儿了。乳房从瘪着的胸上突兀地萌生出来，奶水常把胸前的衣服洇湿。在我家，她常坐在廊下撩起衣服奶孩子，露着白净的胸脯和孩子说话，说，长大后，就当个火车司炉吧。孩子还不会说话，吃奶吃得很猛，声音很大，咕咚、咕咚咽着，使人想起团子喝粥的声音。

团子姐出嫁生子这是后话。如果再回到以前，回到团子姐和瞎话大伯一起过日子的那个年代，爷俩也并非一切都不协调。有件事因为有了他爷俩的默契配合，才使得我们全家念念不忘。

1937年9月，即"七七事变"不久后，日本人占领县城，我们全家要经历一场逃难，过颠沛流离的生活。一个完整的家庭总要有人关照的。这时，家人想到了瞎话父女。瞎话在村中尽管名声"不济"，但我们相信在关键时刻他还是讲情谊的，之前为了我家的利益，他也曾四处奔走。现在我们举家南逃，瞎话当是能关照起我们留下的家的首选人。但他出马是要讲些条件的，他要的是看家的"权利"。我父亲知道这是瞎话要玩"深沉"，就对他说："瞎话哥，从今天起，这个家就是你的。"瞎话放心了，低头笑着。

为使这家安全，他要销毁家中一些碍眼的东西：我家大门以上有几块祖上遗留下的匾额。我们走后，瞎话就把它们摘下来烧了；两匹骡子瞎话给卖了（这于瞎话更为方便）；一头猪被他杀了；屋中的对联和中堂也烧了；几摞用不着的瓷器，瞎话把它们埋了；还有一些东西，瞎话该烧的烧该埋的埋。团子按照瞎话的指示，或点火或挖坑。这样，家中只剩下瞎话父女和五只鸡（三只公鸡，两只母鸡）。之后，瞎话每天搬把椅子坐在大门口坚守门户，晚上打更护院彻夜不眠。其余一切家务均由团子担当。父女二人在我家省吃俭用，循规蹈矩，连个鸡蛋都舍不得吃。逢鸡下蛋，团子就把捡来的鸡蛋放在一个瓦罐里，再把瓦罐藏好。

我们全家在一个百里之遥的山洞里一住仨月，到逃难者纷纷还乡时，瞎话推一个独轮车日夜兼程来接我们回家了。当我父亲问到日本人进过村没有，瞎话说："进过，大洋马的蹄子有簸箕大。"父亲又问，日本人进过家没有？瞎话说："有我把门，他们也敢。"父亲笑了，全家人都笑了。这笑容在家人脸上已消失好几个月了。其实，三个月中，日本人还没有进过笨花村，在瞎话的瞎话中，显然是夸大了自己的作用的。

我们全家由瞎话带领日夜兼程还家，我坐在独轮车上，走过了一些山地、平地和小河，听瞎话大伯说着实话和瞎话朝家里走。瞎话对我父亲说："再买牲口，不买骡子了，买牛、买驴，骡子碍眼，日本人专找骡子给他们拉大炮。"家人知道，这是瞎话把骡子卖了。走着走着瞎话又说："日本人进村专找挂匾的家主进。"这是瞎话烧了门上的匾额。走着走着瞎话又说："你说墙上的字画们有个什么用？"这是瞎话把字画烧了。又说了些杀猪埋碗的事。家人听明白了这其中的一切，我父亲就对瞎话说："要不说，那就是你的家呢。"为了看护好我家，瞎话大伯是充分运用了自己的权利的。

瞎话带路走了一天一夜，走进笨花村，走进我家，团子正站在扫过的院子里等我们，院子被她扫得精光，还洒了水。为迎接我们还家，她显得兴奋异常。搀扶过我奶奶，又搀扶我娘，把我从独轮车上举下来，又去卸东西，忙了一阵却又跑着走了。原来厨房里正点着火,风箱又响起来,还是那么急促。现在锅里没有熬粥,是一锅面疙瘩汤。还卧了不少鸡蛋,白花花的鸡蛋在开着的锅里上下翻覆滚动。我娘到厨房帮忙,团子把她推出来,让她到院里等饭吃。少时,一碗碗白面疙瘩就摆上了石板桌。每个碗里都显现着几个鸡蛋。我奶奶看着碗问团子为什么这些天爷俩放着鸡蛋不吃,瞎话在一旁插话说:"怎么不吃,俺爷俩每天都吃。"我爹说:"瞎话哥,你这可不是实话,才五只鸡,三只还是公鸡。两只母鸡下蛋,母鸡勤快点,一天才捡两个鸡蛋。你爷俩天天吃,哪还有我们吃的。"其实,刚才我娘就发现团子为我们攒下的一瓦罐鸡蛋了。

瞎话低头也喝疙瘩汤,碗里不显鸡蛋。团子碗里有一个鸡蛋,用筷子拨过来拨过去,给我们看。

团子又来了,这次和丈夫一起,丈夫十几岁了吧。儿子也不在怀里吃奶了,在院里拽着他爹,要爹追着他跑。他爹迎合着,一个跑,一个追,围着树转,从石板底下钻。团子坐在廊下观看,"过来人"一般。我们也站在院里看,看得都不动声色。不一会儿,儿子失去了兴趣,又让他爹和他一起去追鸡,他爹扭着身子不愿去,团子就朝着丈夫喊:"还不快去,叫你去哩!"丈夫这才不情愿地跟上去。团子朝我奶奶说:"管一个还不够哟,还得管俩人。"说时更像个"过来人"。

后来团子的儿子没有去当火车司炉,团子始终也不知司炉是怎么往火车头里添煤。他长大后当瓦匠,学会了盘炕,他盘出的炕导热性能好,省柴火。儿子给人盘炕,带着帮手,帮手就是团子的丈夫 —— 儿子他爹。他爹给他搬坯、和泥,听任儿子支使。后来儿子又有了儿子,长大后做着一种以物易物的小本生意 —— 以骨头换取灯(火柴),他推着一辆小平车,车上装着取灯和酸枣面儿,串着村找猪骨头、羊骨头,以物易物。

当了奶奶的团子坐在炕上问孙子,问他整天走南闯北见过火车没有。孙子说,远哩。

2009年再改

发于《人民文学》2011年第4期

伟人马海旗

伟人马海旗每天都出现在笨花村的杂货铺前。海旗和这铺子，这铺子和海旗便是这村子的中心。铺子的主人叫丁酉，村人就管这铺子叫丁酉铺。

丁酉铺很小，只有两间小屋做门面，几扇短胳膊短腿的板搭门，门脸里藏着一个几尺长的柜台。柜台后面一步远是货架，这货架由一些盛火柴盛肥皂的木箱搭砌而成。丁酉铺就经营火柴和肥皂，也经营旱烟和洋烟。有几瓶日本国产的灭蝇水——"蝇必立斯"，被扔在货架以下。柜台上油盐也有，但丁酉主营的是点心里的大八件、小八件。确切说丁酉是个点心师傅，他是山西人。山西本是个出大商人的地方。一个山西籍的点心师傅缘何会落户到这个三百户人家的小村？村人早已忘记丁酉的来由。丁酉在这里经营他的铺子是专心的。他和他妻子 —— 一个矮小的山西女人，日子过得十分稳定。

丁酉中等个子，四十开外，说话瓮声瓮气，不改的山西口音当地人也听懂了。他那被人称作丁酉媳妇的女人，比他小不少，常常站在柜台里抽着洋烟和旱烟。在洋烟和旱烟的选择中，她好像酷爱旱烟。有一种"积成"牌的旱烟，用高丽纸包得四四方方，一包半斤重。这女人抽的就是"积成"牌旱烟。她熟练地从一个碗大的笸箩里捏出烟丝，再把烟丝装入一个短烟袋，摸索出火柴点烟。她划火柴的姿势特别：从火柴盒里抠出火柴，把手一背，随便在什么地方一擦，火柴噗的一声点燃，一团温柔的小火苗从她背后生起。那时的火柴不是安全火柴，纸盒上不涂磷面，哪划哪着。烟被她点着抽起来，随即也咳嗽起来。她微微咳嗽着，喉咙里似有丝丝缕缕的痰在拉扯。这个咳嗽着的女人，在村里常有绯闻：丁酉在前面做生意的时候，有村人和这女人幽会。丁酉的铺子连着一个后院，从货架中间钻过去便是他们夫妻的住所。人们谈论起这个外地小女人格外津津有味。这使人觉得当丁酉正在店铺里摆弄清面和酥面时，是顾不得后院的人和事的。他眼前除了案板上的几团面，还有吊炉里的一团火，火候的大小直接关系着点心的成色。丁酉顾炉火心切，这就更增加了后院故事发生的可能性。有人找海旗了解后院的故事，问他丁酉在炉前关照他的清酥面时，谁从丁酉身后潜入后院。对此，海旗的回答是有节制讲分寸的。村人从海旗的回答里找不出答案，议论在继续。

现在说到马海旗，是个识文断字的人。他的读书历史虽不清楚，但在村人的心目中，海旗的学问居于顶级，远在秀才和教书先生之上。这村秀才和教书先生都是有的。

海旗是个高个子男人，和丁酉的岁数相仿，一只眼睛斜视，望天。他冬天也穿一件村人惯穿的紫花大袄，常把两手袖在袖管里。夏天穿一身粗布裤褂，还是袖着双手。他的冬装和夏装袖子都很长，更显出他那与众不同的气质。平时少言寡语，不开口便罢，一旦开口评论便带出些精辟。有人说丁酉做的桃酥不酥，有人说那东西越放越硬，连老鼠都咬不动。轮到海旗开口评价丁酉的桃酥时，他说："垫桌子腿儿挺合适。"海旗语气平淡，但收到的效果却非同一般。人们一面笑一面观察铺子里正在劳作的丁酉，想到丁酉是不会轻饶海旗的。但丁酉没有恼，他揉着面回过头操着山西话朝门口说："有点用处就行，是物件怕的就是没有用处。"

丁酉原谅海旗，并非没有原因。他明白自己生意做得平淡，点心做得也不算上乘，但门前却充满着人气。

　　生意人做生意最讲的就是人气。丁酉想，我门前这人气显然不是来源于我，而在于海旗。但海旗在丁酉铺门前并非闲坐，只为添些热闹，他自有自己的事业，自有自己的身份。在这里海旗是个写家和作家。确切说村人凡遇书写行文之事，必得来投马海旗。海旗精通村人办事常用的各种文体，成了专事书写各类文书、书信、请柬、状子、金兰谱，乃至红白大事各项文字的人。这其中尤其擅长红白大事的书写，他是一位书写喜联喜幛、丧事联幛的专家。

　　丁酉铺门前有棵老槐树，树下有一张带抽屉的白茬木桌，桌后有条长凳，这便是海旗的办公处。每天人们都会看见海旗端坐在桌后那条长板凳上等待，他要等待一桩喜事或者一桩丧事，或者与动笔动墨有关的事。这等待并不是每天都有所获。

　　终于有人报来消息，村人要为一桩喜事上份子了。这时只见海旗的手从袖管里抽出来，脸上的表情虽然不惊不喜，但他那斜视的眼睛显得更斜了，望着天向来人问道，这是谁家的事？来人说明主人身份，海旗立刻作出判断。

他判断的是这家喜事规模的大小，这关系着海旗手下活计的大小和深度。喜事的规模越排场，海旗所用的笔墨也就越多，涉及的文体也就越考究；反之喜事的规模小，这活计便属小打小闹了。海旗问清根由，得知这是一桩比上不足比下有余的婚事。他拉开白茬木桌的抽屉，从抽屉里拽出一沓红纸，他首先要做的是为上份子的人落下名字。少时，上份子的人接踵而至了，来人把份子钱或多或少地放在桌上，海旗手持毛笔在墨盒里左蘸右蘸，人名便一一落在红纸上。海旗的字写得端正，墨色也得当，但似这等区区小事并非他的才艺展示，海旗的才艺是要展示在喜联、喜幛、喜中堂上。这其中包含了大字小字、楷书和行书。喜联要用大字写出，中堂的上下款要用工整的蝇头小楷写出，而喜幛四字大如箕，更是考验功力的时候。这三样书写的内容在海旗手下更是变幻莫测，他因人施字，因婚姻的性质和门庭的态势编制内容。海旗最看不上眼的就是人们常用的什么"喜见红梅多结子，笑看绿竹又生孙"，什么"天作之合""钟鼓乐之"一类。

海旗写完份子清单便有人送来大张红纸请海旗写喜联、喜幛了，他得知这是一家识文断字的门户，门上的春联常为"忠厚传家久，诗书继世长"。面对这门户他决定玩一把深沉，众人知道海旗手下要出彩了，把一张白茬小桌围得水泄不通。海旗运足气，把一支大笔蘸饱，卷袖悬肘地写起来。先写了一条上联，上联是"如鼓琴瑟鸡鸣戒旦"，下联是"螽斯衍庆瓜瓞延绵"。喜幛的四个大字是"翔止上林"。写毕，便有人请海旗解释其中之意，海旗放下手中之笔对提问者似看非看地说："还是不解释为好，这里的典故，远哩。"

海旗说的远当然是深的意思，深远嘛。这时丁酉也从铺子里探出身子帮腔似的对乡亲们说："凡事越深越解释不透。"听了丁酉的话，乡亲们也就不向海旗发问。

一次有件属于续弦婚事，乡亲们找海旗书写一喜幛。海旗在喜幛上写"琴弹新谱"。当事人要海旗解释其意，海旗说："这，我倒要递说你了。恁俩就好比一架琴，什么琴，反正能弹。弹什么谱？弹新谱。新谱就有别于旧谱。"当事人懂了，笑得有点讪。

当然海旗面临的不都是喜事，他还要等待丧事。村人办丧事，虽然不是海旗愿意看到的，盼乡亲离世，那不是他的德行所在。但人总是要死的，丧事总是要同他相遇的。对于挽联、挽幛的书写，海旗也力求不落俗套。他早已告别了什么"驾鹤西去""永垂千古"一类。他要根据故人的身份、性格把文章做得别具一格。

一次有位大娘去世。这位大娘村人不知其姓名，只知道她有一个外号叫"二斤半"。二斤半的儿子是个木匠。木匠儿子和母亲二斤半日子过得虽然拮据，但儿子孝顺，现在他决定要把娘的丧事办得有头有脸。门前请来鼓乐，院里搭起灵棚。儿子找海旗书写灵棚前的挽联，海旗的眼睛望着天很快就拟出了与死者贴切的句子。此时站在丁酉铺前的围观者，知道海旗又要"出彩"了。连不好事的丁酉也从店中走了出来。海旗一手执笔，一手在白纸上一阵摩挲，终在两条白纸上落了墨。其上联是"四十八两随风去"，下联是"化作祥云少半斤"。原来那时的秤十六两为一斤，去世的老太太外号二斤半，二斤半为四十两，四十两加半斤为四十八两。四十八两是海旗为二斤半大娘设计下的重量。以此重量再做演变便成了这挽联的内容。这次的文字通俗易懂，几个识字的人看出其中的奥妙，竟连声叫起绝来，忘记面对的是一桩丧事。不识字的人似也悟出这里定有文章，也跟着一阵兴奋。

当事人未问青红皂白，将挽联捧回家去贴在灵棚上，吊唁的人们面对挽联该哭的哭，该笑的笑。直到丧事过后，有人把挽联内容告诉木匠儿子。儿子便到丁酉铺门前找海旗算账。海旗端坐桌后袖着手说："这挽联本是个吉祥的句子呀。"当事人说："怎么个吉祥法？你这明明是寒碜我娘哩。"海旗说："说吉祥就吉祥，莫非一定让我解释其中之意？"当事人说："非给俺解释不可。"海旗说："那好吧，长话短说。你娘化作祥云还是你娘。"当事人听不明白，还是愤愤然的，后来还是丁酉站出来帮海旗作了解释，事情才罢休。丁酉操着一口山西话说："你看，你娘的名字不是海旗编造，是人所共知的，用四十八两比作你娘，你娘比原来就多了半斤，这是你孝道的缘故。你娘心宽体胖了，现在她化作祥云而去，必须轻巧着走，这才又少了半斤。她还是你娘，这有什么不好？"不常说话的丁酉替海旗说了这么多话，木匠儿子听懂了，不再说什么，走了。

海旗成心要为村人的喜事再添些欢乐，为丧事添些吉祥的。而最能明白海旗心思且能理解海旗的便是丁酉。

一次，有人向海旗发问，为什么书写丧喜幛时，上款都要写"大德望"。海旗对发问者说："问酉哥吧。"有时候海旗管丁酉叫酉哥，而丁酉有时管海旗叫旗哥。发问者知道这是海旗的故弄玄虚，丁酉的学问远不及海旗，但还是找丁酉去问。丁酉不看来人，脸直朝案板说："你们哥儿几个？"发问者说："哥俩。"丁酉说："你是老几？"发问者说：

"老大呀。"丁酉说:"大德(的)望(旺)就是说你比老二的日子过得强,旺盛。"门口的诸多听者分明知道这是丁酉替海旗故意制造出的乐子,笑得更响了,欢乐能传一条街。

作为一个村子的中心,丁酉铺和海旗还是走到了各自的尽头。海旗死于日本人的屠刀下,丁酉的货架以下摆着"蝇必立斯"的时候,正值日本占领这一方。村中有个汉奸向日本人告密,说海旗除了写喜幛和挽联,暗地还为抗日政府写布告,说,这一方抗日政府的布告都是海旗编写的。后来日本人进村抓住了海旗,把他押在丁酉铺门前,仰面绑在他那张长板凳上,先是灌辣椒水,让他招出写布告的事,海旗不招;日本人又在他身上压杠子,海旗还是不招;日本人就在他肚子上斜砍了几刀,心、肝、肺、肠子断断续续垂到地面。海旗死了。日本人走后,抗日政府出面为他收尸,证实了海旗写布告的真实性。丁酉再把海旗的五脏六腑摁回了肚子里,用几条捆货的麻绳把肚子缠住勒紧,以防五脏外溢。丁酉媳妇粗针大线地给海旗缝了一身衣裳,没忘记把袖子做得长长的。海旗无后人,下葬时村人找出他的一支笔为他写了一块砖,上写"马海旗之墓"。丁酉在马字上面又加了"伟人"俩字,便是"伟人马海旗之墓"。

海旗走后,丁酉的铺子门前冷清了,生意越做越不济。

丁酉的女人抽烟抽得更加厉害,"积成"牌旱烟改成东北大烟叶了,咳嗽也渐渐加重,后院的事也再无传说,不久死于痨病。丁酉只身一人回到山西。

少了丁酉铺和伟人马海旗的笨花村显得失魂落魄。后来铺子改成了供销社,吊炉停了烟火。又值国家的"三年困难时期",货架上更无东西可摆,除了几瓶桃杏罐头,还有一块块红绿纸包着的砖头,假装点心。有人指着它要买,售货员带出生硬的口气说:"那不能吃。"买主问:"那是什么?"售货员就不作回答了。但为适应形势发展的需要,门上却不时更换着对联,时下正写着:"四海翻腾云水怒,五洲震荡风雷激。"字写得龙飞凤舞,村人看着字想到海旗,说:"也算个字吧。"

2007年5月

发于《人民文学》2010年第3期

李八石和胖妮姑

李八石或许叫李八十，或许巴石……

是我们笨花村一位女婿，他娶的是被我称作太姑的女儿——胖妮，我叫她胖妮姑。胖妮姑在县城上过简易师范，五四运动后她剪过辫子放过脚，是一个不折不扣的美女。她圆盘大脸，嘴唇鲜红，一双明亮乌黑的眼睛常带着探究的神情。她人缘好，身边常聚集着和她年龄相仿的女伴，也聚集着像我这年龄的男孩女孩。可是胖妮姑出嫁了，嫁的就是李家营子的李八石。

李八石是个丑男人，丑得出奇。这婚事便应了村中那句经典俗话"美女嫁丑夫"。李八石长一颗梆子头，那头扁得像被人挤压过甩在案板上的硬面团。在这张扁得不三不四的脸上，偏偏还生长着星星点点的麻子。一张永远也闭不上的嘴，露着发黄的牙齿和紫黑的牙床。

这张露着牙齿和牙床的嘴总在笑。和这张不闭的嘴形成对比的，是他那一双眨个不停的眼睛。像这样的一颗头、一张脸，偏偏又长在一个前鸡胸后罗锅的躯干上，使这个丑中带憨的人更加"完整"起来。村人常把李八石和流传于民间的那些傻女婿故事相联系。有故事说，一个傻女婿去家住山区的岳父家走亲戚，岳父母请他吃核桃和柿子，他不知这两样东西怎么个吃法，媳妇便示意他核桃要用锤子砸，傻女婿砸开核桃，吃了，以为柿子也要砸，他一砸，软柿子的浆汁溅了他一脸。回到家后，有人问他在岳父家吃的什么好东西，他便说："吃了个硬吃了个软，扑哧溅了我一脸。"还有个傻女婿要去探望岳父母，先走一步的媳妇嘱他穿戴要光滑一些，礼物要拿重一些，他抚摸着任何衣服都不光滑，唯独自己的裸体光滑。重礼物呢，还是院里的那两扇石磨最重，于是就裸着体挑着石磨去了岳父家……

人们把李八石与这些傻女婿相联系，但他没有用锤子砸过柿子，也没有裸着体挑着石磨进村，李八石进村比他们要体面，是要赶一辆牛车的。李八石赶车，胖妮姑端坐在车里。李八石穿戴不光滑，一件紫花大袄被一条麻绳系得紧紧的，大袄的一角被他撩起来掖在麻绳上。他一只手紧攥着一根短鞭子，另一只手里有一个黄纸包，这是一包油酥烧饼，被李八石用小拇指高挑着。这包烧饼是他们夫妻从县城穿过时买下的。油酥烧饼是我们那里的珍贵物件，它珍贵得应和点心归为一类。那烧饼做得油汪汪，李八石手里的纸包上便也浸着油。浸着油的黄纸包用条红麻绳捆住，四四方方。李八石为什么不把这纸包稳妥地放在车上，单用手指挑着，这道理很简单，油酥烧饼属酥货，酥货怕颠。用手提便有了"减震"作用，倒显出了李八石的聪明。

胖妮姑和李八石进村，总会给村里带来些欢乐。这欢乐一是因了美丽的胖妮姑又回到笨花村，二是这个美人旁边偏偏走的是丑人李八石。那时，半个村子的人看这对夫妻，都很上心。傻女婿李八石手指高挑着纸包也给这气氛增添了些色彩。

李八石随着他那辆不必轰赶的牛车，弯着身子，梆子头向前一探一探，大步流星走得从容。胖妮姑向簇拥着她的乡亲打着招呼，该叫婶子的叫婶子，该叫大娘的叫大娘。

美女嫁丑夫也许只是个平淡无奇的故事，现在这故事奇就奇在美丽的胖妮姑对这婚事的满足，在车上她那一派温馨里透着满足、满足里透着温馨的表情，以及李八石对于这村子、这路、这车、这人、这包烧饼的忠厚和虔诚，便是确凿的证明。

李八石赶车进了村，进了胖妮姑家那个宽大的多枣树的院子，止住车看见正站在院中欢迎他的男人女人们，脸涨红着显出无尽的惊慌，嘴咕哝着吐不出言语，烧饼包还在他手中高挑着。这时，胖妮姑才从他手中接过纸包，两只雪白的手捧着它，叫了爹又叫了娘，极力向家人证实着这烧饼是李八石买的，现在她不过是个传递者而已。

李八石和胖妮姑恩爱着，几年中生了三男三女，所幸的是这三男三女长相都酷似胖妮姑，没有一人像李八石。这时的李八石再赶车进村时，车上的人数也不断起着变化，但李八石赶车的风度不变，他手中那个油汪汪的纸包不变，小拇指高挑纸包的姿势不变。但随着儿女数目的增加，胖妮姑不再是一人端坐在车里，儿女们在车上被她背着扛着，好脾气的胖妮姑任他们抓挠着自己嬉闹。

这时的我也"长大成人"。十四岁时，我成了一名革命战士。那年抗战胜利，内战开始，我在某分区后方医院"任职"，仍活动于当地。

一天我正在驻地的院子里做事，一抬头看见李八石走进来，他脸上透着极度的惊慌，这是我从未见过的表情。他嘴唇哆嗦着，似有口水正向下淌，两只眨个不停的小眼睛倒停止下来，看见我，两只脚在地上急跺一阵，手在胸前一阵比画，叫着我的小名说："不……不好啦，你……你姑姑……"接着他把来此的目的总算磕磕巴巴地讲清了，那是我胖妮姑病了，得了一种叫"血崩"的病，便是妇女下身出血不止。"血崩"还是我领他见到院长后下的结论。接着院长对我说："你去一趟吧，今天没别人了，带两支'麦角'，带个二十毫升的注射器。"我知道麦角的药理作用，那是止血药，遇到伤员出血不止时才用麦角。但这药价钱昂贵，也奇缺，我们的麦角都是托"内线"从天津秘密买进的，那时天津尚未解放。现在院长让我用麦角，一定是因了李八石和我的亲戚关系。

我按院长的指示，收拾一下，带上必要的药具和李八石走出驻地，再走几里到他的村子李家营子。李八石在前三步并作两步，高耸着的脊背影住向前探着的头，气喘吁吁领我走进他家。进了屋子我便看见躺在炕上的胖妮姑，我和胖妮姑已是几年不见。这是一个秋季的下午，阳光透过一个少了窗纸的窗户照在胖妮姑的身上。她盖得很少，齐腰以上都裸露着，先前那一头黑发已变得苍白，苍白的头发在枕头上擀成了毡。她看到我睁睁眼，呻吟着说不出话。我赶紧用酒精把针管擦干净，打开麦角的"安瓿"把药吸进针管，在胖妮姑裸露着的胳膊上找到静脉血管。我推着药液，想着这药在两小时后就会见效。胖妮姑一面接受着注射，一面用微弱的声音叫起李八石，她让他去给我煮挂面卧鸡蛋。这本是接待一个正式医生的规格，那时的我连个医助都不到。李八石心领神会地在灶膛生起火，他面朝灶膛背朝屋顶地把鸡蛋挂面做好，再盛进大碗端上桌子，我向李八石推托几句还是吃起来，吃着，等待着两个小时后的奇迹出现。两小时不到，奇迹果然发生了，胖妮姑转过头脸上露出微笑，对我说："止住了，你可救了你姑姑。"李八石那种常见的笑容，终于也挂上脸，梆子头一摇一晃眼睛又眨起来，他看看炕上的胖妮姑看看我，看看我又看看胖妮姑，两只手在胸前无所事事地紧搓一阵。

胖妮姑得救了，挣扎着找衣服坐起来，我看见这时的胖妮姑真的已不再是先前的那个，擀成毡的白发纷乱地垂在脸上，从前那张水灵丰满的脸松垮下来，胸脯也塌陷着。我在心中暗算一下，原来这已是一个多子女的母亲，这次的血崩，就是她在生第九个孩子时落下的。

我辞别了李八石和胖妮姑，出门时嘱咐他们病人要少喝水。伤员出血时是禁止喝水的，我猜，这规矩也适用于一个血崩的女性。

我回到医院想着我那位美丽的好脾气的胖妮姑的苏醒，也许是一个白发苍苍的老妇人的苏醒吧。原来麦角这东西果真是能救人一命的。但时隔三天，李八石又来了，我以为他是来向我报喜的，哪知他是来报丧的。他看见我把脚紧跺几跺，不顾别人对他的注意，便像个孩子一样失声痛哭起来。他声音嘶哑着朝我喊着："孩子，你胖妮姑死了！"原来麦角到底没能挽救一个人的生命。

......

胖妮姑没了，李八石还是常来笨花村的，但他已不赶牛车，土改时他被划为富农，牛和车都被交了出去。现在他只身一人进村。背更驼了，罗锅鼓得更高了，少了头发的头显得更扁，他手上不再有那个油汪汪的纸包，但微张着的嘴不变，眼睛还在眨，"笑容"常在。李八石进村后，不再进胖妮姑家那个多树的大院子，只在门前一块上马石上坐下来，抄起手，把梆子头深埋在两只弯着的臂窝里，不听人对他的召唤，不顾及人对他的劝慰，只是呆坐着不动。

原来，这是胖妮姑做姑娘时的那个门，李八石来这里呆坐，谁都觉出李八石心中的俊美。在这里他离胖妮姑最近。

2007年初稿

2009年8月再改

发于《十月》2010年第1期

秀姑

一

秀姑有个绰号叫"张小勇",因为先前她演过一出叫《张小勇参军》的戏,她演张小勇,我姐姐演她的家属,那时她们十四岁,都是当地抗日小学的学生。那年八路军打了大胜仗,拿下附近一个碉堡,晚上庆祝演戏,抗日小学的学生对抗日军民的活动一向积极。

这天晚上,在敌人破败的碉堡前,挂起幔帐,点起汽灯,秀姑和我姐姐在汽灯下出场,演的就是《张小勇参军》。她们自编自演,由一首《丈夫去当兵》的歌曲改编而成,剧情是张小勇出发前妻子送行的情景。秀姑个子矮，春天还穿着家做的棉裤棉袄，像个棉球，她头包一块羊肚手巾，胸前戴朵大红花。我姐姐个子也不高，穿件花棉袄头包一块三角头巾，怀里抱个小枕头，那是他们的孩子。秀姑先出场，站在台上念开场白："我叫张小勇，家住在村东，政府号召参军去，我小勇提早报了名，今天出发上前线，孩子娘非要送一程。"

我姐姐怀里抱个小枕头出场，边走边喊："当家的等等我啊。"她追上了丈夫张小勇，然后夫妻二人就在台上转圈，边转边唱边说。

我姐姐唱："丈夫去当兵，老婆叫一声，猫儿爹你等等我，为妻的将你送一程。"

秀姑说："不用送了，恁娘俩别叫风吹着。快回去吧。"

姐姐唱："丈夫去打仗，女子守家庭。你在前方打得好，我在家中把地耕。"

秀姑说："从今以后咱家是抗属，有人给咱代耕，有困难政府给解决。"

姐姐唱："可惜我非男子汉，不能随你投大营。"秀姑说："哪有带着家属打仗的，打完仗我就回来了。"姐姐唱："幸喜你今扛枪走，一乡之中留美名。"秀姑说："你这是娘儿

2019.3

们观点，咱不为落个好名声，就为打败日本。"

……

那天秀姑演戏，以她女扮男装的打扮和她那出口成章的乡音，给乡亲带来了无尽的欢笑，自己也落下了一个"张小勇"的绰号。

二

"张小勇"第二年真的参了军，在军区后方医院做了一名卫生兵，后来仗打完了，她没有回乡，开始在解放区随军队四处转移，每到一处就有信寄回来。她的信要寄到我家，让我父亲念给她的家人。秀姑的家人不识字，都是勤劳度日的庄稼人。秀姑参军前也跟家人一起劳作，她小时就会纺线，坐在纺车前还不及纺车高，晚上她和母亲在炕上守着两架纺车，直纺到鸡叫。她们把纺成的棉线拿到集上卖，换成小米，买回棉絮再纺。后来秀姑上学也要两星期回一趟家，背小米交伙食。我姐姐和秀姑常背着小米偷过敌人的封锁线，有一次敌人的子弹还打穿了她们的口袋，小米撒了一地。

我父亲接过秀姑的信看看说:"这张小勇现时在郑州,这地方还属冀中,离河间府不远。"有时就说:"这张小勇又到了石门桥。"一次我父亲发现信封中还有另外的物件,那是一个扣子大的小纸包,里边有一点白色的颗粒。原来秀姑在信中有说明,她说纸包里的东西叫糖精,这一小包能顶二斤白糖。我父亲对我娘说:"这可珍贵,糖精这东西只听说过,还没见过。明天蒸饼子取两粒试试吧。"我娘取了两粒,用水化开拌在面里,蒸出的饼子家人都抢着吃,我从来没有吃过这么甜的东西,现在想来还觉得再甜的东西也甜不过糖精。

三

一年之后,秀姑由八路军变成了解放军,她穿当时的制式裙装,戴一顶大檐帽,进驻保定。此时我也是一个穿灰制服的文艺界学生,星期天我们约好在保定莲池见面。现在的秀姑和当时的张小勇相比,好像没有长多少,制式裙装穿在她身上像个半截水缸,大檐帽在头上也晃荡着,看到我像见到亲人,问我吃饭能吃饱吗,被子够不够盖?夏天有没有蚊帐？六千块钱的津贴够不够花？说时从一个军挎包里摸出一管黑人牌牙膏，交到我手中，我推辞说有，秀姑还是把牙膏狠狠摁在我手中。她说现时她在军区医院当司药，住在西关的斯罗医院，部队比地方供应充足，有困难就找她。中午，她领我去天华市场吃炸糕，我便想起她寄糖精的事。我说炸糕可赶不上用糖精蒸的饼子甜。秀姑告诉我说，糖精可不是糖，是沥青的提取物。当时根据地困难，有时发一包糖精当糖吃。可别多吃，还有副作用哪。

四

二十世纪五十年代，我考入北京一所艺术大学，秀姑也去了北京，她上的是工农速成中学，校址就在沙滩北大红楼。那时她已结婚，在学校是一个挺着大肚子的学生。星期天我到她家中看她，她挺着肚子朝着我说："见过这样的中学生呗，准没见过吧。挺着肚子也得上，凭老家那点文化可不够用，光会给你姐姐编个《张小勇参军》，词不达意的。在红楼上中学，跟不上也得跟，建设新中国得提高文化。"她强调着"建设新中国"五个字，说得刻板但认真。

我站在秀姑对面，却又想起张小勇的样子，那时张小勇在台上像个棉球，现在看到肚子圆圆的秀姑也像棉球。

五

秀姑完成了在红楼的学业，也生了女儿。再见她时，已是某医学院的本科生，那天她刚烫了一头卷发，看到我，双手捂着头发说："后悔死了，后悔死了，我可不适合改模样。"

对秀姑的改模样，我也觉得不改也罢，我拿张小勇的形象和烫成弯弯头的秀姑作比较，觉得弯弯头的她失去了张小勇式的自然。

六

秀姑又变成了一头直发，那时这种发式叫青年头。她在一个研究所做机关医生，凭着她的好人缘，身边常聚集着有病和没病的姐妹们，说着疾病以内和以外的话。

好脾气的人，性格中往往会表现出处事时主意的犹豫不定。我去看秀姑，她端一个碗正在搅拌着碗中的一点肉馅，见我来了，高兴地说："有肉馅咱们包饺子吧。"我说："好，咱们一块包。"肉馅在她手下继续搅拌着，她想了想又说："肉馅不多咱们包馄饨吧。"我说："好吧，馄饨也行。"秀姑迟疑片刻又说："包饺子吧，也许够。"我说："还是包饺子吧。"秀姑又说："还是包馄饨吧。"

秀姑对于饺子和馄饨的换算给我留下了终生的印象，现在想想，我们到底是吃了饺子还是吃了馄饨，我也总在换算。

秀姑离别我们那个冀中平原的村落，参军、进城、中学、大学都经历过之后，乡音未改，还是操着一口地道的方言，把"告诉"说成"递说"，把你说成"恁"，把我说成"俺"，她对我说改掉方言好像就不是她自己了。

递说恁吧，包饺子也许够。

七

秀姑以她的好脾气、好人缘走遍天下，畅通无阻。

又过了些年，我已是一位画家，常背着画具四处游走，路过北京时总要去看望秀姑。秀姑看到我若是饥饿的，就会领我去食堂吃饭，食堂若已关门，她就砰砰敲门，喊着："老刘老刘，吃饭吃饭，开门开门。"食堂师傅一看是秀姑，就会把门打开，不久或菜或饭也会端上来。我若是风尘仆仆，她就会领我去楼下公共浴室，浴室关门，她就会砰砰敲门："老宋老宋，洗澡儿，洗澡儿。"老宋开门一看是秀姑，就会把门打开，把热水放出来。

八

乡人还是把秀姑看成当年的"张小勇"，同龄人叫她勇姐、勇妹，隔辈人叫她勇姑，也有孩子喊她勇奶奶。

张小勇回了村，背个军挎、提个提包进了家门，村人拥进来，都知道张小勇现时已是一名北京"名医"，他们拥进院子，不顾秀姑路途的劳顿，争先恐后开始述说自己的病情。

"勇姐，疼得直不起来。"一位大妈拍着自己的腰。"勇姑，咳嗽不止，一黑介一黑介睡不着。"一位大嫂说。

"他勇奶奶，这孩子长痄腮总是不见好。"一位老奶奶领着一个男孩说。发烧的、发热的、看不清的、听不准的……

秀姑不顾自己的劳顿，顾不得进屋，拉开提包拽出一个出诊包，操着乡音开始给患者施治。

"来，褪下袖子，扎个针儿。"她说。"来，这两包小药，先吃这包，后吃这包。""老风寒，给你一贴膏药，烤热了再贴。""痄腮不能光吃药，要忌响器，遇到敲锣的打鼓的，赶快让孩子躲开。"

……

秀姑在医学院学西医，但她也了解些中医乃至民间许多诊病方式。针灸、拔罐、推拿她都会，也以此得到乡人的更加信赖。

九

二十世纪八十年代以来，十多年没见秀姑，由于在美国定居的子女需要，她去了美国。一天，我突然接到她的电话，她喊着我的小名说："回老家看看吧，回老家见个面儿吧。"我按着她的要求，回老家和她见了面，她拉住我的手说："看你姑姑吧，越来越矬了，还不如当年的张小勇高。"秀姑的腰向一侧弯着，表情中明显地在忍受着什么，显然是腰疾正在折磨着她。

秀姑回老家是来求医的。她说老家有"能人"用偏方能治腰疾。一个对于生理病理都精通的专业医生，竟然不远万里来乡村僻野求医，这本身就很引人思索，难道乡间真有这样的能人？这时我突然想起那年秀姑面对一点肉馅，作出的对于吃饺子还是吃馄饨的不停换算，这就是秀姑的性格吧。这是一个好人式的、质朴的、一时缺少主意的换算。

秀姑扶着我坐下来，说了些域外域内的琐碎，当然她也科学地表示了对这次求医的看法，有病乱投医吧。她说她愿意回来，愿意用乡音自然而然地和乡亲说说话，这才是她回乡的初衷。

十

当然，乡间僻野的能人终没有让秀姑的腰直起来。

又过了十年，我来到美国看秀姑，她住在美国西海岸一个宜人的养老院里，对于子女对她的安排，不时向我表示着满足，她说："孩子们忙，照顾不了我，你看。"她指着房内房外的一切："可好哩，从二楼下去出一个门还有一个院子，有草坪。屋里还有冰箱，里面什么都有，这里晚饭吃得早，晚上饿了，拉开冰箱吃点水果、面包……"秀姑还是操着乡音向我介绍着这里的一切。我想，就她的年纪和状态，这确是一个好去处。论年纪，她已是一位八十大几岁的老人，而她的腰更加弯，胸也向一侧偏着，在屋内扶住可扶的东西，才能移动自己，出门时要靠一辆轮椅或推或坐。但她努力证明着自己还是一个健康老人。

这天，家中的热心晚辈开车要带我出去走走，秀姑执意要同去，我们帮她走出门，扶上车，一路上她仍向我介绍这里的一切。她指着一个公交车站说从前她常在这里乘车，或去超市或送晚辈上学。走过一座建筑，她说这是图书馆，先前她常乘公交车在此看书。她说他们有个老年华人群体，常在一起聚会唱歌……说时脸上流露出对车窗外生活的无限眷恋。

秀姑喜欢照相，在她居住的房间里摆满了各种大小照片，家人的，友人的，自己的。她把自己最满意的放大照放在房间最重要的位置。那时的秀姑容光焕发，披着五彩披肩，笑得灿烂。现在秀姑不断让晚辈停车照相，在她认为可作留念的景致里。她扭过身子对我说："来，照张相。"我们从车上走下，再把她扶下，摆个合影的姿势。果然，这是秀姑最愉快的时刻，她努力站直自己，面对镜头每次还会发出咯咯的笑声。在美国这只能是一个热爱生活，对生命还有着无限眷恋的中国老人发出的声音。秀姑咯咯笑一阵，还会提醒我们："都笑，都笑，要真笑。"秀姑的笑是真笑，不带任何表演，真实得还会使你想到家乡，只有在中国在冀中平原一个村子里，才能听到这样的笑声，它真实、清澈、悠远，也是纯中国式的。

离开西海岸时，我去和秀姑告别，把我的一本散文集送给她，还告诉她从中国带来的小米放在了家中（这是秀姑要求我带给她的）。秀姑顾不得翻书，迫不及待拉开她的冰箱，搬出些水果、点心，掰下几只香蕉让我吃。她说，我住饭店准吃不好，又嘱咐我一些旅行常识……分别时，她一定要推车出门送我，她弯腰扶车通过一个长长的走廊，每走过一个窗子，就把她的院子指给我看，还为我没时间参观院子而遗憾。

上午十一点，正是老人们用午餐的时间，走廊里排列起许多坐在轮椅上的域外老人。他们都很在意自己的衣着容貌，极力保持着自己的尊严，这倒显出秀姑在衣着上的随意，她不在意这些。当她扶车从他们身边经过时，不忘把我介绍给她的美国同伴，每走到一个人前，她就会把我介绍一遍："这是我个侄子，从'柴纳'来。"她说得郑重豪爽，极力强调这两点，"侄子"和"柴纳"。

"柴纳"，这是我在美国听秀姑所说的唯一英文单词。这当是"China"。而她说的时候像家乡人说"柴火"。

大约一个月后，我从美国东海岸回到中国，拨通了秀姑的电话，告诉她我已平安回家。秀姑在电话里告诉我，我送她的小米只能在周末回到亲人家中时才能熬一次粥，说她住的地方没有粥锅。还告诉我她正在看我送给她的散文集，说了几个她感兴趣的章节，然后问我，书里为什么找不到她，她还演过《张小勇参军》呢。说着咯咯笑着还哼唱起：丈夫去当兵，老婆叫一声……

2016年9月

发于《十月》2017年第4期

我二哥

一

二哥躺在重症监护室，各种仪器管道连着他的各个器官，人就像被蜘蛛网缠绕，显然这已是危重病人"享受"的待遇了。此时他已九十二岁，二哥长我十二岁。

我站在二哥面前一遍遍呼喊他，他毫无反应，我再次试着呼唤他时，他的嘴微张两下，脸上的肌肉怪异地抽搐着。这是他的习惯表情，预示着他要开口说话，预示着他有字吐不出。二哥说话口吃且严重，大约口吃的人说话五官总要失去些自然，出现怪异。现在他终没有开口没有睁眼，就在我向他告别几小时后，他离开了人间。有晚辈说这是他在等见我一面，一面之后他才无憾地走了。

人在弥留之际，等见哪位亲人一面然后再走本有此说法。

二

在我们兄弟中，二哥本是个聪明人，属于聪明加内秀的那种，他自幼因抗战的背景，所受教育不多，但靠了他的聪明，"学问"却不浅。那时他炕上枕边常有书籍堆放，除线装的古典名篇，还有张恨水那些应时小说。书中配以石印彩图，但他决不允许我翻看，我走近他的书，他的面部就会抽搐着对我说："你……给我……滚。"我"滚"着逃离他的房间。那时他已结婚，迎门桌上摆着新嫂子陪嫁的暖壶，壶上装饰着彩色牡丹花。我走出他的房门，来到院中，房内就会传出他演奏风琴的声音，他有架踏板式风琴，我知道那个调子：云儿飘，星儿摇摇，海早起了风潮……当然以我现在的欣赏水平看，他的弹奏尚属"土闹"，无右手的指法，无左手的和弦伴奏，但当时已被家人刮目相看了。风琴声结束后又会传出小提琴的声音，他有一把日本造的小提琴，是托城中传教牧师代购的，可惜不久之后，他的风琴提琴都被日本人进村"扫荡"时抢走了，这正是抗日战争最残酷的时期。

三

　　抗战虽正值残酷时期，但家中的土地仍被经管着，我家在村中属大户，土地中种植着棉花、谷物、豆薯类。在诸多庄稼中家人最看重的当数棉花，我们管棉花叫"花"。"花"不仅支撑着全家的衣服被褥，还是家中货币支出的唯一来源，它可以卖掉换钱。棉花盛开时，花地里会搭起窝棚，由家中可靠人看管。二哥便是看花的可靠人选。每逢这时，他自会扛起被褥到棉花地窝棚睡觉看花。看花时节常有村中女人打棉花的主意。有风声传入家中，说前街有个叫罗美的闺女钻过二哥的窝棚。罗美在村中名声不好。我那位有陪嫁暖瓶的新嫂子，曾为此哭得两眼红肿，她找我娘告状，我娘拉不下脸去审问一位后生的风流韵事。嫂子为此不依不饶，在屋里和二哥吵闹，二哥只说："你……

见过?"嫂子当然没见过,家人谁也没见过,家人见过的倒是发生在窝棚里的另一件事,此事体面。

一天早晨二哥从花地回来,身后站着一个红脸大汉,他穿对襟黑夹袄,身背一个荆条大筐,胡子拉碴。家人围过来,我爹对此人有警觉,他遇事总有几分先知先觉,他对来人说:"莫非是自己人?"来人说:"我叫尹率真,在窝棚里认识了你家儿子。"二哥站出来着急地介绍此人,他脸上肌肉抽搐得更加厉害,两眼也挤起来,嘴一张一合,说:"区……长,尹区……长哩。"原来这就是抗日政府的尹区长,家人早有耳闻。父亲把尹区长让进屋,和家人一起吃着早饭。尹区长说,他有幸在窝棚里认识了我二哥,并说他还对二哥作了动员,鼓励他参加抗日政权,随他到区政府工作。二哥面对全家豪爽地说:"走,走哇,我。"

四

二哥走了,在尹区长领导下做了一名区干部。原来尹区长懂得因材施用,权衡了二哥各种特点,让他在区政府做了一名粮秣助理。区长领导下有几位助理,除粮秣的还有民政的、教育的，管妇女儿童的。二哥的位置很适合他，不需说话，不必发动群众演说抗日形势和政策，也无需和群众面对面处理各种因公因私引起的民事纠纷。他只需为干部掌管那些生活必需，菜金呀、粮票呀和少量的补贴。说到粮票，那是一种火柴盒大的油印小票，上面印着粮食的斤两，干部们在老百姓家吃了饭，要把粮票换作粮食交给房东，房东遇到交公粮时粮票可顶粮数。

原来二哥就是一位印制粮票的能手，无师自通。他把印制工具藏于家中，那是一块钢板，一些蜡纸，油辊油墨一类。有时我就见他俯于他的新房桌上，推开嫂子的牡丹暖瓶，把蜡纸铺在钢板上，拿起刻笔在蜡纸上刻写起来。他本来就会写字画画，会画梅花和竹子，常常把纸裁成条幅，四条一组，画上梅兰竹菊，画完还用诗作缀。他新房中就贴着条幅，上写：梅雪争春未肯降，兰花君子者也，竹报平安，菊花隐逸者也什么的。

他在蜡纸上刻字，我真不知他能把芝麻粒大的字写得那么规矩漂亮，横平竖直，我站在旁边观看，他低着头似对我说："美……术字，这是。"

二哥说话总是把几个词组颠倒着说，我猜那是他为了先拣容易说出口的字出口。比如他把今天太热，说成：太热，今天。把"我要出门"说成"出门呀，我要"。

一个个漂亮的美术字在二哥手下闪现着，再用油墨印成粮票。

五

显然，二哥在革命队伍里是个人才，若无变故和意外，他会平平安安与世无争就这般地干下去。再说二哥对他手下的工作兴趣盎然，他从不议论哪位同志的提拔晋升，他笃信人各尽其能。

作为粮秣助理的二哥，把关系着同志们命脉的财帛包成一个小包袱，将小包袱系在腰间，和同志们一样昼伏夜出，奔波于他该去的地方。可是天有不测风云，二哥摊上了事。

1942年是抗战最艰苦的一年。一个夏天的中午，二哥前一天晚上来家，现正在房内炕上侧身大睡，鬼子进村了，是我在房上无意发现的。我从房上跳下，跑到二哥门前叫醒正在睡梦中的他。他翻身下炕，匆匆穿上衣服，系上他的小包袱向外跑去，当他跑至街中，敌人发现了他，鸣枪便追。他在前面跑，敌人在后面追，直到把他追出村子。

当他发现自己就要成为俘虏时，聪明的二哥急中生智，他解下腰间的小包袱，从中拿出他那些做菜金用的纸币，一张张向后撒起来。敌人发现他扔的是钱，俯身便捡，于是他和敌人拉开了距离。他在前面继续撒，敌人在后面继续捡，枪也顾不得放了。就这样他摆脱了敌人的追赶，钻进了路边的青纱帐。

敌人离村后，便有人来我家报告了二哥的"死讯"，家人哭成一团。二哥却回来了，上衣跑丢了，小包袱不见了，光膀子讲了他摆脱敌人的经过，讲时虽然措辞复杂错综，但家人还是听清了。

但二哥的聪明机智并没有被组织认可，许多年后在一次次运动中，终于有了结论，有了种种不利于他的结论。

六

岁月流逝，时间在前进，那时各种运动伴随形势的需要此起彼伏，花样也一再翻新，于是二哥的事也随着运动的变换，变换着性质和深浅。

有运动说，他扔掉的都是钱吗？那是同志们的命。有运动说，他扔掉的只是钱吗？没有文件吗？没有机密文件吗？有运动说，叛徒只出在监狱吗？跑着叛变更典型。有运动说，他不是有枪吗？没扔枪吗？扔枪就是缴枪。

……

二哥有把枪，是一把土造的"单打一"，看似真枪，实际是本村一个铁匠打造的，一次装一粒子弹，打出去的子弹垂头丧气，不知落在何处，后来还被一位同志"动员"去了，二哥没显出心痛，领导决心要将此物追查到底，偏偏那位同志早已牺牲。这样，枪的问题终生也解释不清。

一次次运动对二哥的磨砺，使他滋长了喝酒的毛病，偏偏喝酒又给他带来横祸。一次他在和一个同志边吃饺子边喝酒时说："吃饺子不喝酒不如喂了狗。"这个同志检举了他，说这言论本来自剥削阶级，他家不是有"花"地吗？是种棉花的地主，于是二哥看花和钻窝棚的事也被牵扯出来。这时"大字报"运动正时兴，针对二哥有张"大字报"标题称：蛛丝马迹看一位粮秣助理。

从此二哥更加消沉，语言能力几乎下降到冰点，面对再复杂的语言交流、询问，他只能用四个字作答：行和不，有和没。

七

我还是愿意回忆童年时我和二哥的相处，虽然他对我总是冷眼相待，但也有短暂的欢乐。

过年时家里要包饺子，奶奶爱吃黄芽韭，村里集市上不上此货，奶奶就打发二哥到县城去买，二哥也最愿接受此任。家里有辆日本产的自行车，二哥便骑上它进城采购。那时日本人刚占领县城，暂时与百姓相安无事，年节时城里的年货甚丰。二哥上午进城，中午赶回家中。一次他从城里不仅买回黄芽韭，还为奶奶买回用蒲包装着的南国橘子，奶奶接过二哥不声不响造就的意外，笑得前仰后合，心想家中怎么还有这样聪慧、善解人意的人。奶奶年轻时曾随在南方居官的祖父久住，很喜此物。奶奶的笑声感染着二哥，二哥脸上的肌肉紧抽搐几下，似要表达点什么，但他的话还是未能出口，这是他最激动的时刻。

二哥急转身离开奶奶的房间，碰到在院里站着的我，我刚要躲避，他却叫住了我，这是一个千载难逢的时刻。我站下来，头也不敢抬，他把我一指说："你……你……

有。"他把我叫进了他的房间，我发现迎门桌上有个小纸盒，纸盒上印有日本字，他拿起纸盒，从中掏出一辆"坦克"，日本产的机动玩具，他把坦克在我面前举举，上紧发条，那东西便在桌上转起圈来，前方的炮塔还嗒嗒地发着火。坦克转了几圈停下了，二哥拿起来说："你哩……走吧。"他把一辆坦克交到我手中，也许我想对二哥说点什么，但我什么也没说出。

那年的春节对于我便是一个最最奢侈的春节了。我吃了黄芽韭馅的饺子，举着坦克到处风光。那坦克在家中跑一阵，在当街跑一阵，围观者都以惊异的眼光观看，忘记头上的花灯和前后街正在热闹着的花会，人们打问着是谁置办了这个活物。我骄傲地说："我二哥。"

八

几十年后，我已是一名画家。我写生时和二哥在风景优美的太行山麓相遇。那里有个阔大的水库，二哥在水库管理处任职，一个中级职位吧，若按行政级别换算，也许"正科"。此时距他任"粮秣"时，已过去三十八年之久吧。

而曾和他在区政府共事的那些"三八式"助理，位居厅局级者自不必说，省级副省级也大有人在。

二哥应该说是一位水库建设者，从这个水库建设开始时的移民开工到建成和管理，大约占去了二哥生命的四分之一（也许更多）的年华。他在这里属后勤吧，这职位是抗战时粮秣的继续。

我在水库的招待所住下，晚上二哥做了一条鱼，几年来他倒练就了一手做鱼的本领。把一条大鲤鱼切成方块，先过油再炖，一炖半天，当地有"千滚豆腐万滚鱼"的说法。

二哥炖好鱼，陪我在他的住所吃鱼喝酒，我在灯下观察他，水库的风尘把他的面相打磨得宛如太行山麓那些放羊打柴的老汉一般。他脸上的肌肉又增了许多怪异的条纹，使人想到在那些运动中，他艰难地回答各种提问时开口吐字的艰难。

我决心要找些开心轻松的话题："我听说'大跃进'修这个水库时，周总理曾来这里视察。当时水库的负责人叫崔民生，周总理对崔民生说，崔民生，你的水库修得好就是崔民生，修不好出问题就是'崔民死'啊。"

我问二哥当时周总理视察时他在不在场，二哥只用一个字回答说:"在。"我问:"周总理是不是这样说的?"二哥回答说:"是。"

我想假若一位善于表达的人，借此事或许能作一次精彩的演讲了，但二哥对此只用了两个字，"在"和"是"。

我决心再找个轻松的话题，问他那年春节时，他进城买回黄芽韭和坦克的事。二哥很是思索了一阵，脸上的肌肉又抽搐一阵说:"买……买过?"他怀疑着自己的行为。我想，他那复杂独特的经历已淡化了那次他对家中的贡献吧。

九

"三八式"的二哥，终于远离了水库回到他现在居住的城市，在被称作单位宿舍的房里一住十数年。这是一个两居室的宿舍，进门有个小厅，但厅内无窗，黑暗中却容纳着厨房用具和一台老式彩电。彩电前的一个三人沙发，便是二哥每天的最好去处。据晚辈介绍，他能从起床之后到睡觉之前，终日坐于沙发之上。电视节目对他并不重要，屏幕上有人说话、有人活动就是他最大的满足了。我猜这是二哥一生中最惬意最自由的时光了 —— 无需说话，无需回答各种提问。有时我去看他，他也无需和我打招呼，我坐在他一旁，和他共同"欣赏"着，或歌者的跺脚，或舞者的露肚脐。分别时我只需说一声："二哥，我走啊，你好好休息吧。"二哥只说一声："行。"眼睛还不离开眼前活动着的人形。我回头再看二哥，发现他颜面无比平静，平静得连岁月在他脸上刻下的纹路也展开不少，现在他是一位鹤发童颜的老人，二哥终于迎来了难得的好时代。

十

我在医院和二哥告别后，他平静地走了。我在回家的路上，回忆着几天前的一件事。那天我又去家中看他，难得地见他站在屋中一亮处，欣赏着手中一件什么东西，他专注地盯着手中之物，脸上绽放着难得一见的微笑，他见我进来，把手中之物亮给我看。这是一枚国家为纪念抗战胜利七十周年颁发的纪念章，纪念章只颁给那些"三八式"的老同志。二哥向我举着它说："看，有我，也有我！"他说得流畅豪爽，脸上是千载难逢的平和，他是说在这支联系着新中国诞生的队伍里也有他。

时代还是给了这位"三八式"老人应得的奖赏和荣誉。时代承认了他的"三八式"，为此他脸上平和了，表述也流畅了。

2017年8月

发于《长城》2018年第1期

民国军人屈得意

一

　　童年时，家中许久没有我睡觉的床，我睡在一块阔大的木板上，木板由两只木凳支牢，上面铺陈被褥。后来我长大了，识字了，发现那块木板上有字，有大字亦有小字，它们被镌刻在朱红的底色上，横排四个大字为：卫国干城。竖排一行小字为：春霆先生荣膺中央陆军第十三混成旅少将旅长志喜。这排小字正位于我枕头之下，我便常常翻起褥子辨认观看，它以凸起的阳刻形式涂着金色。那时我不认识那个"膺"字，便问父亲，父亲说："问不问的吧，匾上的事都是过去的事，过眼烟云。"后来我会查字典了，得知那个字念yīng，解释为"承受"的意思。原来我身下这块木板叫匾，这匾是屈春霆被任命为中央陆军第十三混成旅主官时，众乡里为庆贺赠送的。我还得知，原先它悬挂于我家大门以内，"七七事变"后家人为躲事摘下，藏于我身下。

二

先祖父屈得意，春霆是他的字，河北赵县停住头村人，生于1878年，卒于1952年，享年七十四岁。我与这位老人是陌生的，只在他晚年时才见过几面。

关于他的军旅生涯，家人其说不一，直到二十一世纪初，我们为一本书的写作查询资料时，才对他的从军经历展开一些研究。

屈得意于1902年从原籍赵州被招从军，近代史中称：1902年清政府决定编练新军，同年2月袁世凯派王英凯、王士珍赴正定、大名、顺德、赵州等地招募壮丁六百名；是年5月，袁世凯又奏：现已挑选壮丁为常备军，拟先练常备军一镇，即一万九千一百二十人。

屈得意就是这次被招入伍的，入伍后凭借他的私塾功底先入当时设于直隶保定的陆军速成学堂，后经军中各阶级，还家为民时已是将军衔。

祖父从军时，乡人称他为"屈官"。我家则被称为"屈官家"。

先祖父早年曾与孙传芳结拜兄弟，那是他从保定速成学堂毕业后，与孙同就职京畿二镇为下级军官时。祖父为队官，隶属二镇八标一营。孙则为炮科教练。当时他们同在保定金庄一个院内居住，关系甚笃，朝夕相处若家人。儿时我听奶奶回忆，一次他们母子由保定回赵州缺路费，还是孙传芳资助大洋四十元，才得以成行。自此屈得意的军旅生涯又多与孙传芳有关。孙任长江上游总司令时，祖父为其驻守宜昌、岳阳一带（即十三混成旅时）。孙远征东南，任东南五省联军司令时，祖父任浙江全省警务处处长及代省长。1924年他们同赴杭州那天，恰遇雷峰塔倒塌。据家人说，祖父常提起此事，认为这给新直系带来晦气。孙统治东南五省期间，祖父还替孙把守东南大门，任吴淞要塞司令，此时他已升至陆军中将衔。1928年北伐成功，孙大败于东南，他和孙一起下野。自此二人的共事经历才告结束。之后孙在天津做寓公，祖父则还乡原籍为民，孙在天津遇刺时，祖父在原籍接电报后曾疾赴天津为其奔丧。

三

民国时的《政府公报》，有对于军人升迁以及重要战事战报的记载。1918年1月22日，时任陆军第十三混成旅主官的李炳之为一则战事上报北京陆军部。电报云：荆州李炳之来养字电，石逆星川、朱逆兆熊占据荆沙，勾结湘军，破坏统一，本旅奉令进讨，特令二团团长张继善率营长屈得意等进剿，于本夜十二点将荆州、沙市完全占领。谨闻。那是鄂军第一师长石星川在省督黎天才策动下公开反对北洋政府宣布独立，被中央政府声讨的一次战役。显然时任营长的屈得意在这次战役中是立过赫赫战功的，也是他由一位中级军官升至高级军官的开始。之后的"政府公报"中也有关于他的各次升迁以及他获得中央政府颁发的文虎章及嘉和章时的报道。先祖父在中央陆军第十三混成旅任职时间最长，直至该旅驻宜昌时兵变被取消番号，自此，他才和孙传芳同赴东南五省。

　　1924年至1928年的几年中，大约是祖父军旅生涯的"黄金时代"，也为孙在东南的事业鼎力相助。如同他在十三旅"收拾"过石星川一样，也"收拾"过时任浙江省省长的夏超。当时任浙江省省长的夏超本已归降孙传芳，但又不服孙的领导，在杭州宣布独立；时驻吴淞要塞的屈得意携几艘快艇从吴淞口出发沿钱塘江逆水而上，在南星桥登岸，并炮击夏超的驻地，使夏超被俘，并被孙杀于城外的鼓荡。但孙在东南的命运如雷峰塔倒塌一样，终被北伐革命军瓦解。1927年2月18日，北伐军攻克杭州，孙军大败，3月18日退出浙江。

四

　　卸任为民的屈得意在赵州老家有时荷锄于田间，与家人共谋农事，把从南方引来的甘蔗、北方引来的象牙白萝卜在田间试验播种，有时也暂居保定（因保定还有其另室）。至1937年"七七事变"后，因拒绝出任日本伪职，带领几个儿孙由赵州停住头村出发，避居西安，并将二子一孙或送延安或送山西抗日前线。由此可见，这位民国时期的老军人在祖国危难之时，为子女后代所作出的正确选择。

从西安奔赴山西抗日前线的次子屈保生长期在晋西北工作，曾任职文水县，是烈士刘胡兰家的常客。有文字称，烈士刘胡兰曾受其革命启蒙教育，此事无从可考，但屈保生久住云周西村刘胡兰家确有此事。解放后屈保生在青海任职，为该省省委宣传部部长及省报总编辑。

三子杨戈长期在贺龙领导的西北战斗剧社任领导职务，曾参加延安文艺座谈会，流行至今的《哀乐》便是他的作品。解放后杨戈在中央西北局领导经济工作，曾接受作家黄宗英采访。黄在散文《大雁情》中写道："杨戈同志说，宗英你就写吧。"就是那位杨戈。

祖父的长孙，也就是我的大哥，他早年就读于河北邢台第四师范，因闹学潮被通缉，随祖父赴西安后，奔赴山西抗日前线，抗战时曾战斗在晋中抗日前线。解放后曾任川北广元地区专员，并在浙江领导过农业。

我的父亲是祖父的长子，曾是当地国共两党创始人之一，长期在家乡任职。生前还任历届省人大代表。可见作为北洋军人的祖父和在家乡"闹革命"的长子是有默契的。

五

我见到祖父屈得意，已不是当年具英武将军之风的祖父，而是一位粗布长衫的平民老者。

1949年是抗战胜利的第四年，这位久居西安的老者曾还乡原籍赵县，这是我第一次见到他。十四岁的我骑一辆自行车，从县城西关长途汽车站将他接回，只见他身穿一件粗旧的灰布长衫，手提一只不大的绿色提箱，三缕白须飘在胸前，他问我是谁，我报了名字，他说："哦，你是老三，老铁。"我将他的小提箱绑在车后架，祖孙二人步行八里走回村子，一路似无合适的话题，只觉他自有心事，我一身紧张地和他同行。

那时候经过土地改革，原来祖父亲手置办起的土地房屋均已被分配出去，我们从他住过的一所砖院前走过，来到现时属于我们的土院中，再走进一间原来长工住的土屋，他的原配夫人我的奶奶就居住于此。祖父走进屋，我奶奶迎上来，他们相互搀扶久久无语，只有泪珠双滚，这是我此前未曾见过的。祖父和家人稍作问候后，我便随他去拜见屈姓族长，每拜见一位他便下跪于地，呼着他们的称谓，用自己的小名报说我回来了。

六

回乡后的日子对于一位戎马半生的将军终会存有问题吧，虽然他习惯家乡的粗茶淡饭，他习惯土屋子土炕，他习惯冬季的寒冷晚上的黑暗，但他却不习惯晚年的寂寞，即使有他的原配我的奶奶陪伴，但与他的交流也属有限吧。再说那时的农村，面对这一位先前被称为"屈官"的旧军人，乡亲和他自己一时都难以拿捏分寸，于是，保定又成为他的另一种归宿和选择。那里不仅有他的另室，也是他久居过的城市，于是在故乡居住一段时间后，他便又告别故乡，告别亲人，返回他的第二故乡——保定。

保定的双彩五道庙街本有他一处完整的独门独院，但日本占领保定后，某机关为修停车场将其院落拆劈大半，只存南房三间。我第二次见到祖父便是在此院内。那时我也居住在保定，是省文艺专业一名学生，当得知祖父来保定后，一个星期天我去看他。时值中午，只见他还是身着那件灰布长衫，坐于桌前，手执一只铝锅，用勺子正在刮着粘在锅底上的米粒，每刮下几粒便放入口中。他刮得仔细，也很费力，大约做饭煳了锅。祖父抬头见我站在眼前，也不在意我的存在，继续刮着吃着，直到将锅吃净。这再次证明着祖父终存平民之风，平民才是他的本色。那天我们交谈了什么，印象已模糊，而他执锅刮取米粒的形象，却给我留下永远清晰的印象。

七

后来我和祖父又有过几次接触，一次我和同志们正在宿舍读报学习，听得院中有人喊我的小名，我便知道这是祖父来找了，我向外跑去，同志们也停止读报，都急于弄清院里发生了什么。这时祖父正站在院中，还是那件灰布长衫，一根拐杖挂在臂弯里，飘然的白须更是显眼，原来他是向我"要钱"的。他不顾同志们的存在对我说："老铁，给我一毛钱，买个户口本去。"原来他要到隔壁派出所报户口，忘记带钱，我给了他一毛钱，他手持拐杖飘然而去。但此事却给我带来尴尬，因为从此之后大家都半开玩笑见我就喊:"老铁,给我一毛钱。"更尴尬的是我以为祖父的形象和我们这群身着灰制服的同志是很不协调的。一位旧军人和一个新社会总是格格不入吧。那时我们过组织生活时,作自我批评都要联系出身,我在检查自己的某些缺点时,也不止一次地追溯过我那个和旧军人有联系的家庭。如此,这位老军人就更不便与新社会谋面了。自此很长一段时间我没有去看望祖父,更害怕再有人在院中喊我"老铁"。

一年以后,有人告知我祖父生病了,当我再见到他时,他正害着牙病,一侧的大牙发炎多日,致使牙龈溃疡穿透腮帮,情况十分严重。他告诉我,白天只在北大街红十字会诊所上药处理,而无条件去大医院诊治。后来我向同志们借了钱,带他去省医院打了两次盘尼西林也未好转,此时在西安任职的三子杨戈写了挂号信让他再赴西安,第二天我又借钱替他买了赴西安的火车票,当晚雇了人力车将他送上火车,这是我最后一次见到祖父。在车上大约还互相嘱咐了几句,但祖父是一个少言寡语的人,我不知这是他的习惯还是什么。所以在祖父给我留下的话语中,除了那句"老铁,给我一毛钱",其他全无印象。

祖父再赴西安据说治好了牙疾,但一年后死于脑出血,享年七十四岁。

八

当祖父1949年回原籍家中时，那块卫国干城的匾还在，祖父发现了它，即命家人用刀劈开做劈柴烧了火。

近年，我又被告知村人在家中拆老房子时，从烟囱中拆出一把军刀（指挥刀），我旋即将刀买回，原来这是一把民国军人的佩刀，名狮头刀。此刀分六等，此把为"四狮刀"，是将官以上军人所配，现在我每当看到这把刀，想到的却是祖父的灰布长衫。刀的威风和灰布长衫的平和，或许这就是祖父吧。

2017年1月

远去的笑声

新中国诞生时，我离开我的家乡冀中平原的笨花村，在一个省级文工团参加文艺工作。那时我十五岁。回家时父亲问我：你们那里有文化名人吗？我说有。父亲问我，谁？我说，陈一痕。父亲摇摇头，表示不认识。父亲是一位医生，却有着医学以外的许多知识。他的书架上除医书外，还有《胡适文存》《饮冰室文集》，连黎锦晖的歌曲集都有。对于文化名人，他尤其崇敬。他常常一面做着手下的事，一面哼唱着"云儿飘，星儿摇摇"，要么"早晨太阳里晒渔网，迎面吹过来大海风"。父亲当然不知陈一痕是谁。我举出我们团里的陈一痕，是觉得他的名字像名人，也是为了说明我所在的那个单位档次不低，有名人。

至今我仍觉得陈一痕的名字实在不一般。若把他和那些璀璨一世的文化名人排列在一起，非常协调。你看，邹韬奋、叶圣陶、李叔同、陈一痕，不是很整齐吗？可惜那时的陈一痕只是我们那个文工团的一个导演，说是导演，一个普通同志而已，一个只在家乡读过"高小"的普通同志。再者那时的导演不

导演老陈

似现在 —— 刚导过一个卖酱油的广告片，也被人簇拥着喊某导、某导。陈一痕是个普通同志，大家平时喊他老陈。

导演老陈，长胳膊、长腿、长脖子和一张严肃的长脸。在这张偏长的脸上架一副金丝眼镜，便显出那张偏长而严肃的脸更严肃。若想和他接近，就会使人想到"无法下手"这句话。只待他对这世上的大事小事发表自己的看法时，你才觉得他离你本是很近的 —— 他幽默，他的幽默不是有意安排，更不是只为哗众取宠把自己当作低下的笑料，那实在是对这世界太认真了的缘故。人大凡在过分认真时，自己的言行反倒会出现闪失。老陈的闪失只表现在说话时

对一个半字的安排有误，这或许就变成了他的幽默之处，它不伤大雅，不改变事物的性质。比如他从来都把"沙发"说成"发沙"，把"比较"说成"较比"，把"喷气式"（飞机）说成"喷式气"。但谁都知道"发沙"就是"沙发"，"较比"就是"比较"，"喷式气"就是"喷气式"。

我来我们团时，还是一个喜欢模仿大人的少年。而陈一痕已经在排练场坐着"发沙"指导演员排戏，为我们这个时代塑造着"典型环境中的典型人物"了。他还告诉你塑造典型人物这一演剧理论，本来源于俄国戏剧大师斯坦尼斯拉夫斯基。

那时老陈做导演，我则学着给他做舞台设计。在排练场听着老陈讲"斯夫拉"理论，到底拉近了我和老陈的距离，于是我敢于和他对话了。我问他，他的名字谁起的。老陈操着很浓重的河北某地方言说："我爹。""你爹是……"我问他。"务农。"他说。老陈说话像面对乡人一般。他乡音地道、简洁，尾音拉得很长。我想，老陈的长辈、一位在河北农村包着羊肚手巾务农的老乡，怎么就给儿子起了这么一个学者般的名字。

老陈却从来没有当名人、当学者的奢望。人们记住他，甚至以后的念念不忘，也只因为他给人们带来过欢乐。其实何止是欢乐，他的一个小小的言语闪失还能使一个冷峻的现实立刻变得冰雪消融，使一个人云亦云的顽固堡垒，迅速土崩瓦解，使那些走入死胡同的瞬间起死回生。那时你会忘记时代对你的苛求，你会笑得忘乎所以。那时候，时代对于你时不时会有些苛求的。

同事中有一个叫小尚的年轻人，在团里本来是一位跑龙套、演个伪军甲乙、群众丙丁的同志。但小尚不满足于现状，一心想当一名小提琴演奏家，还净说一些有关大演奏家的话。他为了提前进入"角色"，常常右手按住左胳膊练习演奏小提琴的指法。小尚的行为当然要受到批判的。团里为了帮助小尚不再好高骛远，安心本职工作，先是团小组会上的帮助（小尚是共青团员），而后是团支部会，最后竟酿成全团大会。人们在大会主持者的诱导下，便沿着一条批判极端个人主义的道路开掘下去，会议气氛越来越紧张。但发言者的发言内容却越来越空泛，使批判难得要领，这使得主持人有些不知所措。

这时的老陈突然站了起来，眼镜一闪一闪面对小尚说："你这个问题，是个什么问题 …… 是个是个，确切点说 …… "老陈决心要把小尚问题的性质说准确点。既是挽救一个同志，发言就不能笼统，要稳、要准，对症下药，有的放矢。于是老陈经过一番思索之后，把自己的目光转移一个角度，面朝与会者同仁，说："他这个问题，是个是个……很明显，就是个自己认为自己'英雄无地不适用'的问题。而……而且，年轻人常有的毛病就是自己认为自己英雄无地不适用。"接下来，老陈当然还要说这个"英雄无地不适用"对于革命事业将会造成多大损失。因此年轻人最应该警惕的就是这个"英雄无地不适用"。

老陈终于把小尚问题的症结说准确了。会议发展至此，不用说是进行不下去的。当与会同仁对老陈的发言七转八转，转过弯时，便是炸开了的笑声。主持人无法再将会议主持下去，小尚便成了受益者。然而老陈并没有弄清众人为什么要发笑，面对这么严肃的批判会，本来就是个"英雄无地不适用"嘛。

一个"英雄无地不适用"涉及的性质毕竟是微不足道。哪知在一次更严峻的"肃反"会上，老陈在向一位"现行反革命"交代政策时，竟然将"坦白从宽、抗拒从严"这个人人皆知的原则，说成"坦白从严，抗拒从宽"。这次谁都觉得老陈是走在一条危险的道路上了。然而老陈的闪失，仍然没有给他带来厄运。这或许是因了老陈的好人缘，或许因了他的长辈是包着羊肚手巾干活的上好的家庭出身。

就在那次的"肃反"会以后，老陈却作为全省文艺界代表到北京参加国庆观礼了，也才有了观礼归来之后的汇报讲演。在那次汇报讲演会上，老陈以按捺不住的兴奋告诉大家，那天，天安门前走的是坦克车，天安门上空飞的是"喷式气"。还说这阵仗，都是针对侵朝美军布置的。"让万恶的美帝国主义，让万恶的麦克阿琴（瑟）发抖吧。"麦克阿琴（瑟）是当时侵朝美军的总司令。在老陈的讲演中既是涉及了"麦克阿琴"，老陈必然会向这个美国鬼子再施些愤怒的。他说："就像前几天报纸上指出的那样：疯狂的'麦克阿琴'在朝鲜战场上真要'抓住一扔了'。"老陈读报常把"孤注一掷"念作"抓住一扔"。而"麦克阿琴"，当然是麦克阿瑟。

老陈刚进团时，领导本要培养他做主演的，曾经让他在《牛永贵负伤》这出小歌剧里演一号人物牛永贵。剧情是这样：八路军战士牛永贵在一次战斗中负伤了，也因此掉了队，他急迫地寻找他的战友张守义。在舞台上的牛永贵应该拖着一条"伤腿"边走边呼喊张守义的名字，于是扮演牛永贵的陈一痕在舞台上便转起来、喊起来，但人们却发现这个牛永贵（陈一痕）喊的不是张守义而是他自己的名字牛永贵。不用说这戏是演不下去了，前台后台笑声一片。但牛永贵不笑，牛永贵还是喊着"牛永贵"下了场。在后台老陈问大家，刚才发生了什么事，为什么大家都在笑，"这么严肃的一出戏"，老陈严肃地对大家说。当有人指出他的喊声有误时，陈一痕愣了一下说："妈的，错了，看下次的。"下次的牛永贵又出场了，拐着腿还是一遍又一遍地喊"牛永贵"。

领导还是没有失去培养陈一痕演戏的信心，陈一痕也总是信心百倍地接受着演新戏的任务。但他不再担任主演改演配角了。在一出叫《胜利渡长江》的剧中，他演一位老船工：解放军为解放全中国要渡过长江，便找来一位老船工（陈一痕）了解长江的水性。这船工坦率地告诉解放军，长江水流凶险，渡江困难，看来是难以过江的。解放军首长叫着大爷说："黄河我们都过来了，长江我们也一定要过去。"船工大爷陈一痕本应该说："这是长江，这不是黄河……"意思是黄河能过得去，长江不一定能过。或许陈一痕是决心要把这两句简单的台词说正确的，对于长江、黄河每次他都有严格的逻辑换算，但话一出口就变得语无伦次起来。说完长江，又说这不是长江；说完黄河，又说这不是黄河。每次颠倒几遍，还是以逻辑混乱而告终。

不仅如此，最使领导头痛的是，老陈演戏想何时上场就何时上场，上晚了顶多向台上的诸位说声"对不住，我来晚了"了事。而说到"诸位"，陈一痕与这个"诸位"也有过故事。一次他演一位战士，在一个战斗总结会上，他说"诸位，我说几句"，说完后，他问导演，这里谁叫诸位？

就这样，领导考虑再三，还是决定让陈一痕改做导演了，大约导演说错一句半句话，无大碍，毕竟是在台下嘛。

陈一痕做导演是经过"科班"的，他曾去北京专门培养戏剧人才的全国最高学府进修。那里虽然也留下过关于老陈的一个半个故事，但并没有妨碍他的学业修成。比如，老陈永远记不住他的学府所在的街道名称和附近那个公交车站。这样，每次他坐公交车时下车就成了问题。于是乘车时他要时刻做着下车的准备。车将到站，乘务员问，前面是某某站，有下车的没有？陈一痕就跃至车门，抢先迈出一条腿说："下。"但他又开始怀疑自己的行为了，于是把迈出的腿又赶紧收回来说："不下。"如此反复至公交车的终点站。当他再向回坐时，乘务员问清他的所在单位后，才指示他在何处下车。

还有什么？还有老陈请进京看他的老战友去北京莫斯科餐厅就餐时的点菜故事。老陈接过服务员递上的菜单，点了菜单首页的1、2、3、4、5、6、7、8。原来西餐的菜单汤在前。这八道菜乃八道汤。老陈面对这八道汤对大家说："喝吧，不喝白不喝。"

陈一痕做导演一做二十年，说了些颠三倒四的话，也拍了不少戏。陈一痕的名字一次次地出现在广告上、节目单上，也几乎成了一方文化名人。然而他的地位还是因了一次不可原谅的闪失有了动摇：他坐在"发沙"上给演员读报，生是把"把阶级斗争的火药味烧得浓浓的"这句充满政治激情的表述，读成了"把阶级斗争的大药丸……"如何如何。领导没有再敢原谅他的闪失，他要远离他这只久坐不下的"发沙"被另作安排了。那天他来向我告别，这时我正同他合作着一台戏。他说他要走，我问他是下放，他说不是，是调动，是因工作需要而调动。他说着看不出有任何压力和不悦。他甚至告诉我说："还是个主任哩。"我问他要到哪里去，他说了一个地区，便是当年林冲发配的那个地区。

陈一痕导演走了，我再见到他是两年以后的一个深秋。这年寒冷来得很早，他也赶早穿起了一件蓝棉袄。也许是棉袄领子太肥，老陈的脖子看起来比过去还要长。他敲开我的门，头顶着门框，脸上是一片平静的茫然。当时已近中午，我在做好的午饭里，又为他多做了一盘蛋炒饭，他吞咽得很猛，每咽一口便伸一下脖子，使人想到"充饥"这两个字。我问他来省城的目的，他说来看病，今天一早他搭了一辆卡车，三百多里路走了八个小时，是早晨四点出发的。我问了他的病情，他说是感冒，我立即想到感冒和几百里卡车的利害关系。很快老陈便转换了话题，谈起了工作。他说他在一个小水库上做了一段管后勤的主任之后，当地领导又起用他为一个县剧团拍戏去了，也总算归了本行。我问他拍什么戏，他在脑子里编排了一下要说的剧名，对我说："……就是，'霓虹哨下那个灯'。"我知道那是《霓虹灯下的哨兵》，当时这出戏正演遍全国。他说调教戏曲演员演话剧太费劲，"扒拉"不动，他累出了病。县里和地区都治不好，他才选择了他早些年战斗过的这座省城医院。老陈吃完炒饭点上支烟，靠在椅背上抽，我好像要"招惹"他似的，非要他讲讲下面的事情，他不假思索地说："多了，看你想听哪类的。"我说哪类的都行，所见所闻吧。他说："讲个结婚的吧。"

老陈住在一个区政府里，一天来了一个老头，老头误认为他是区干部，便对他说要求登记结婚。老陈假装区干部，问，谁？老头说，我。老陈又问，她呢？这时又进来一个老太太，和老头年龄差不多，六七十岁吧。老陈问老头，你结过婚没有？老头说，结过。老陈问，几次？老头说，三次。老陈又问老太太，你几次？老太太说，两次。老陈当机立断说，不行。老头问老陈为什么不行，老陈说，不合乎要求。老头说，领导宽大宽大我们吧。老陈说，不行。老头又问为什么，老陈坚定地说，不合乎规格。在两位老者再三请求下，老陈还是不"松动"。二老无奈，怏怏而去。我问老陈，你为什么不成全人家？老陈说，这情况登不登记一个样，反正也是一家人了。管他们的。

这是老陈讲的最后一个故事，他讲得有板有眼。对于"字们"的安排也没有出现错误。

我请老陈住下，他说早已安排了招待所，离医院近，明天一早去挂号看病。

过了二十四小时，我听见院子里有人在叙述一件事，隐隐约约听见是关于老陈的，我赶忙从屋中跑出去，果然是关于他的，他死了，死在医院门诊大夫的脚下。一位目击者说，老陈在向大夫述说自己的感冒症状后，大夫却发现老陈的感冒并不严重，严重的是他的心脏。他为他做心电图，又用听诊器在老陈的心脏上很是听了一阵，最后在病历上写下"心肌梗塞"四个字。老陈看到了那四个字，便"迫不及待"地倒在了大夫的脚下。抢救是抢救过的。

人们常把老陈的死也化作他的趣闻来讲，觉得他死的方式无论如何和他的人生是相吻合的，好像有了他的死，他生前的一切，才真实得不容置疑了。

省城没有道理为他开追悼会。他远在外地的家人赶来，只撺掇着在一个荒草和果树并生的被称作烈士陵园里，为他立了一块石碑，碑上有他的名字和生前的职务 —— 导演陈一痕之墓。我几经过此，觉得石碑上有了他的职务，他的名字才确实像个文化名人的了。但在众多烈士中，他的名字和职务却又显得很"各色"、很不合群。

2001 年初稿

2011 年再改

发于《人民文学》2012 年第 6 期

姚氏兄弟

我们的邻村很小，只半条街，可姚氏二兄弟出名。哥哥叫藏子，弟弟叫藏印，哥俩好评剧，哥哥拉弦，弟弟男扮女装是主演，据说曾拜石家庄名伶筱金珠为师。

评剧的伴奏以板胡为主，二胡为辅。藏子拉二胡，却坐在板胡的位置，一副艺术总监的架势，一张脸又长又白，不苟言笑，能"镇住场"。

藏印戏出不多，常演《打狗劝夫》。剧情是：有兄弟二人，弟弟富，哥哥穷，弟不认兄，哥哥到弟弟门前讨饭，弟问："你姓什么?"兄答："姓赵，咱们是兄弟，你也姓赵呀。"弟曰："我姓的'赵'是天下第一姓，赵钱孙李的'赵'。你姓的是……"弟指着舞台上的煤油灯罩说，"你姓的'赵'是这个'罩'。"当然，这属于即兴表演吧。台下却为

如此
兄弟

此而轰动。拉弦的藏子，看看台下，不苟言笑的脸上也显出得意，看来这是"总监"的处理。

弟妻（藏印饰）贤惠，劝夫认兄，弟仍不从，弟妻便设计激夫。她让仆人打死一条狗，将狗穿上人的衣服，扔进后院，让丈夫处理。丈夫叫来"友人"帮忙，友人纷纷离去。弟妻又请来哥哥，哥哥却不讲二话，将"死人"扛出掩埋。弟妻借此便甩开大嗓以大段的唱规劝丈夫，丈夫终感动，于是又指着台上的油灯说："那是个灯罩，咱不姓那个。"又唱，"天下第一姓，才属于咱赵家门。"弟妻在一旁暗笑，唱道："这才是奴家略把小计施，打狗劝夫还是自家亲。"

藏印扮戏不俊，喉结也很突出，但招人待见，村里女人开玩笑时常说："看美得你吧，快找藏印去吧，藏印等着你哩。"

2012年12月

梦氏兄弟

我们的姓氏，在村子里属"小"姓。户数不多，存有遗憾的人家居多。梦字辈兄弟五人，三人为独身。梦江老三，是位大汉，只身一人常住在我家一间闲房子里。此人游手好闲，养一只大黄狗，大黄狗和梦江同睡一条炕。每天整整一个上午狗和人只懒散着睡觉，待到他们苏醒，已过中午。于是狗和人同时起身，同时出门。大汉梦江斜披着一件紫花大袄，阴沉着脸，露出红铜似的胸腔，摇晃着自己，大声咳嗽，走出门。他那瓮声瓮气的咳嗽声传得很远，像是刻意告知村人，他和狗已醒来，正要出门。

梦江和狗走出家门，径直向前街走去，前街有一家包子铺，他和狗都要吃包子。梦江有钱买包子，因为他在赌场常是赢家，且赌运一向很好。

梦江在包子铺坐下，要两大盘大葱牛肉馅的蒸包。

包子上桌后，梦江先从盘中提出两个，豪爽地当众扔在地上，那是大黄狗的一份。大黄狗习惯地叼起包子吞咽起来，梦江这才开始用餐。当然，二两烧酒是不可少的。

梦江和狗在包子铺吃包子等黄昏。他们要在赌场过夜。

梦江进赌场吃包子，性格浪漫不羁，但从不恋女人，那时的赌场往往与女人相联系。有女人愿意靠近梦江时，梦江即报以咳嗽，以示警告，女人便急避之。

1940年，日本占领着县城，村里闹霍乱。日本管霍乱叫"忽烈拉"，日本医院还为村人打过预防针。但村里还是有几十人死于此疫。日本医生说，前街包子铺就是病源。梦江也死了，死在我家闲屋子里。几个本家为他收尸，他们只用梦江身下的炕席把他卷起来，四个人两条杠，将他抬出，两只脚露在席外，脚很黑。大黄狗紧跟梦江的两只黑脚，奔往坟地。

梦江入土了。村人散了。大黄狗蹲在墓前守候。它不吃不喝，几天后就地而亡。

2012年12月

向三羊有过一只羊

向文成为三儿子取名向三羊。因为他的大儿子、二儿子名字里都有此音，但那是太阳的阳，却不是牛羊的羊。羊和阳相比较显然就带出一些随意性。羊、猫、狗小动物而已。但羊和猫狗相比较，显然又带出几分爱意和暖意。也许，当向文成审视尚躺在襁褓中的那个安静的小生命时，他想到了羊这个绵软的小动物。

再者，向文成一向爱摆弄文字，乡人取名"喝号"，书写大字小字，大多要找向文成，这也是他要"出彩"的时候。一次村里要立集（建立集市）唱戏，戏台上要挂匾，匾文要和集市有关。向文成便自制匾额，上书三个墨迹饱满的大字"成大集"。乡人问他三字当如何念：从左或从右。向文成答道：左右都可以，不信你试试。有粗识文字的乡人念后，果然发现其中的妙处，从左向右念为"成大集"；而从右向左念，则为"集大成"。乡人叫起好来。原来这还是一面于集市存有大吉大利的匾额。

乡人有"喝号"的习惯，老人为年轻人取名随意，锅碗瓢盆乃至"尻尻"都可以为名。人老之后要有尊严，要有大号，号中要带出"老"字，和名字有所关联，还不可重复名中的字。这就要体现出撰号人的智慧和才华。向文成就是一位撰号者。有位叫"迷路"的老人问自己的号该如何取。向文成不假思索地说，号"老通"吧，于老通。有位叫"篮子"的老人问他自己的号如何取。向文成说，号"老扤"吧，李老扤。果真有位叫"尻尻"的老人问向文成：我呢？向文成说，号"老肥"吧。老人笑道：这可体面煞我了，老肥，肥料呀。

向文成为三子取名三羊，不管何意吧，反正已成定局，三羊的母亲倒觉出这名字的可爱。她把三羊搂在怀里，让他叼住她的奶头说："吃吧，这就是羊吃奶。"她想到羔羊吃奶时的架势，或许自己就是一只奶水丰沛的母羊吧。三羊似乎了解了母亲的心思，叼住奶头，故意撞撞母亲的胸怀，吞咽得更加猛烈。

母亲喜欢三羊，在他不会言语不会坐爬时，她就为他做了一只小枕头，又在枕头顶上绣了一只小羊，一只吃草的小绵羊。她把三羊放在枕头上说：那就是你，你正在吃草。三羊自然不知那就是他。过了两三年，当他终于了解到枕头上那个小动物就是他自己时，便开始喜爱那个枕头，喜爱枕头上的那个"他"。他常抱住"他"在炕上和"他"滚打嬉戏。母亲坐在一旁观看，心想，原来这孩子真和羊投脾气。

父亲向文成也理会到这些，但他心想，不管你是羊也好，是虎也好，三四岁了该接受点做人的规矩了。况且他发现他的三羊与兄长相较的异样。大阳、二阳都聪慧过人：大阳八个月不会说话时，就能指出影壁上的"花"和"月"字。二阳三岁时说话利索，就懂得《三字经》上"如负薪，如挂角"的典故了。而现实的三羊却吐字困难，走路时拐着内八字，像个畸形的小动物。向文成很为此苦闷。他决心要改变老三的现状，再大些时让他重学走路，命他的脚向外撇，撇成四十五度角，在甬路上满脚着地一步步走。向文成在旁喊着口令重复着"矫枉过正"四个字。三羊的眼泪洒在甬路上，洒在他横过来的脚面上。那时他不懂得"自尊心"这三个字，不懂得屈辱的含义，只想到农村有几种寻死的方式：或上吊或跳井，他将要选择的是哪一种。

向文成重塑三羊用心良苦，虽未收到预期效果，但他重塑他的决心未灭。他带他"漫游"书海，他把自己在童年时喝过的"墨水"要一股脑倒给儿子。他告诉他"苟不教，性乃迁"的"苟不教"不是"狗不叫"，"苟"是"如果"。他命令他读书要有"头悬梁，锥刺股"的精神。这教诲常使三羊毛骨悚然。他想，难道为克服我读书困倦，真让我用锥子扎大腿吗？父亲对我为什么非要如此残忍？

但向文成对三羊的塑造是多面的。他还让他站在戏台前和自己一起认识戏文。他觉得有唱、有念、有做、有打的戏曲舞台，也许能引起儿子接纳知识的兴趣。于是他把三羊架在自己的肩上，自己挤于戏台前让他认识人生的另一个世界，那时的向文成是不辞辛苦的。

一次他和三羊一起欣赏了一出叫《捉放曹》的戏。三羊确也对这门行当觉出些兴趣，戏中的故事情节、人物的唱段和念白他也记下大半。当父亲在前儿子在后走出戏园走上回家的路时，父亲突然回头问儿子，那个捉住曹操又放了曹操的人是谁。儿子当然知道这个人叫陈宫，当他要信心百倍地告诉父亲时，可惜他说不出那个"陈"字。他口干舌燥，他面红耳赤，嘴张开又闭上，闭上又张开……原来他终是一个口吃的"残疾"人。

父亲回头无奈地看了儿子几眼，又无奈地把头转回来，父子俩一路不再说话。

向文成对儿子的"无奈"算是对儿子的一次次的"温和"。

向文成对儿子不尽是"温和"，有时也会有"暴力"的。（成年后的向三羊常想，先前父亲的巴掌大都落在他身上什么地方。）

三羊既是"羊"，他也是爱羊的。他的家乡地处冀中平原，却很少看到真实的羊，偶有羊群从村中经过，他都对羊群穷追不舍，直到羊们远去，走到无尽的天边。

有一次村中又来了羊群，是一群绵羊，有公羊，有母羊，也有羔羊。这羊群还意外地要在三羊家"落户"。三羊家有个阔大闲置的土坯院子。

羊群在村里落户是为的让羊啃吃入冬后的麦苗。

种麦人都喜欢有羊来啃吃入冬后的麦苗。只有被羊啃过的麦苗来年春天才会更旺。

这羊群在三羊家落户，给三羊带来无尽的欢乐是不言而喻的。羊群中一只雪白的羊羔，很快就成了他的知己朋友。羊群出门时他跟它撒欢奔跑，羊群回圈时，他和它亲密依偎。三羊的举动引起了向文成和牧羊人的注意。他们决定要给三羊一个惊喜，把那只羊羔"许"与三羊所有。向文成还从家中撕扯了红绸一条，请牧羊人把它系于羊羔的脖颈上，然后告诉儿子说，这只羊是你的。红绸带就是证明。三羊从来没有从父亲那里得到过如此的喜悦。他想，人间原来还有这样的好日子，原来人间不尽是苦难，不尽是"头悬梁，锥刺股"，不尽是甬路上的"矫枉过正"，不尽是谁捉住曹操又放了曹操的问答。我的日子里还有属于我的一只羊。

羊群出圈了，向三羊只觉得羊群里因为有了我这只系着红绸带的羊，蓝天才更蓝了，绿的麦苗才更绿了，鸡鸣狗叫也动听了，人也变得和蔼可亲了。他们看到羊们经过，脸上都挂着无尽的笑容。至于他那只羊羔的欢叫，不就是在歌唱、在愉快地叙述吗？这歌唱、这叙述早已胜过了戏台上那些锣鼓经和唱段。那都是人的制造，羊的欢叫才是自然而然，也许它正在说，我为什么欢叫，因为我有个朋友叫三羊，我们有红绸带作证。我是属于三羊兄弟的。

三羊跟随羊群跑一阵，想一阵，驻足羊群之中，看羊啮食入冬的麦苗，俯下身子对他的羊说："吃吧，吃吧，这是咱家的麦苗。"

三羊有了羊，全家人都觉得三羊变了一个人，他们发

现一向不爱跑跳的他，却又跑又跳起来。细心的母亲还发现他的"内八字"正在向着"外八字"发展。一个本不善言语的他，也常在自言自语说着什么。他对自己说，捉住曹操又放了曹操的那个人不就是叫"陈宫"吗？他语气重重地强调着"陈宫"两个字。他还悄悄对他的羊兄弟说："那个人叫陈宫，是个县令，县令就是县长。"

半个月过去了，麦苗就要被吃光了，羊群要迁徙。三羊是冷不防的。

这天三羊又去会他的羊兄弟，谁知原来那个空旷的土坯院子又变得空旷起来，羊群不见了，羊圈里只留下些羊的排泄物和膻气。那个红绸条还在，它被一块砖头压住，压在羊圈低矮的土坯墙上。有风吹来，它飘起一个角，抖动着自己，像一只挣扎着要诉说的蝴蝶。三羊不忍心再看这只"蝴蝶"的孤单挣扎。他拐着他的内八字走回家中。发现家人都木讷着，自己坐在院中无话。他注意看了父亲向文成。向文成两眼正盯着一个什么地方出神，他的脸色异常，三羊从来没有看到过父亲这样的脸色，脸上的肌肉不时抽搐几下。以后的三羊悟出这种表情叫"讪"吧。他想当时的父亲应该是"讪"，很"讪"的。他以满含热泪的眼睛盯住父亲在心里默默地说：我知道那个人叫陈宫……

跳井，上吊，我还没想好呢。

时光荏苒，三羊长大了，从事着他自己想都想不到的事业，他要说话，也好不容易学会了说话，他要站在讲台上面对学生说话。上台时，他从不忘记把自己的脚步摆正确。在讲台上他要说一些他自己想都想不到的话。他口若悬河地说着一些绕嘴的外国人名：肖复克里斯，欧里庇得斯，车尔尼雪夫斯基。他要说苔丝狄蒙娜和奥赛罗的事。他要说普希金早年写小说时叫别尔金。他要说拉斐尔的雅典学院图画中，亚里士多德和柏拉图正在争论着什么。他要说契诃夫从莫斯科到远东库页岛要走三个月。这时，人称他为艺术史学家。当然，他总要七拐八拐到陈宫和曹操的事儿。他说陈宫要不放掉曹操，就不会有东汉末年三国鼎立的局面。但陈宫却是一个胸无大志的人物。

时光荏苒，向文成老了，现在他正躺在一个医院的重症监护室里。"临行"前唯一一个心愿就是要见他的儿子三羊。

三羊来了，看到被许多管道联系着的父亲，医生只给他留下一张尚可言语的嘴。由于肝病的缠绕，父亲的全身呈现着蜡黄色。

向文成的知识领域宽泛，对医学也有涉猎。他睁眼看看站在床前的三羊说，他已经让医生在药里加了茵陈，茵陈能退黄疸。

三羊知道那是父亲的良苦用心，他明白茵陈就是地里的野蒿子。那东西是挽救不了一个垂危病人的。他上前拉住父亲一只蜡黄的手，一滴滴眼泪滴在父亲的手背上，他看见父亲手指的关节很大，被松垮的皮肤包裹着。他连忙把视线移向一侧。那里有一个曲线跳动的屏幕，那东西也许叫呼吸机，也许叫心跳机、脑电机……机械对他是遥远的，他只知道那东西肯定联系着生命的延续。

父子两个一阵沉默。那个屏幕上的曲线在跳动着，发着淡绿色的荧光。还是父亲对三羊挑起了话头，他叫道："三羊。"三羊说："哎。"父亲说："我要走了，你要告诉我，我对你的管教……哪件事最使你伤心难过，你永远都过……过不去。你说了，我走得才安生。"

三羊对这个意外的提问开始有些茫然，但他想到既是父亲要走得安生，他应该对他坦诚。他想，自然是那次羊的事件，那是父亲为他设下的一个"局"，一个骗局。

三羊站在父亲的床前，决定让父亲走得安生，他开始就那个"局"在心里组词，码字。最后他组成三个字"那只羊"。

哪知三羊把组好的三个字开始通过喉咙向外吐说时，却被他的喉咙所拒绝。他哽咽着。

向文成看儿子不说话，他决定替儿子说出要说的话，释放出他终生积压在心里的往事。他也开始在心里组词，码字：那、只、羊、吧。他比儿子多了一个"吧"字。当他把组成的四个字通过喉咙向外吐时，却无力吐出。他已力不从心。

三羊还在抓着父亲那只蜡黄的手，他觉出那只手在变凉。当他再把视线移向那个有曲线跳动着的屏幕时，屏幕上的曲线变成了直线。

一群白衣天使围过来，熟练地拆去联系在向文成身上的生命管道。

2017 年 7 月初稿于奥地利沃夫岗湖畔

2017 年 8 月完成于石家庄

发于《人民文学》2018 年第 2 期

湖畔诗

夜之过

冬天，树叶落光，夜里月光显得更亮。人在街里走，和自己的影子难分难离。有时人拖着自己的影子走，有时影子拖着人，人人朝着自己该去的地方走。走着，干什么，去"扎堆儿"对坐，对坐在或有灯或无灯，或有炉火或无炉火的房子里，或有话，或无话，扎堆儿对坐就是目的，就有欢乐。

有人正朝着一个街门走，这家街门上贴着上年的对联：忠厚传家久，诗书继世长。对联显示着这家人的风格。大多忠厚，且有读书的传统。但现在朝这里走着的人，有识文断字的，也有不识文不断字的。

这个忠厚人家里有炉火，也点着灯。那炉子是用一只旧煤油桶制成，叫作"自来风"，若在白天，还可看见桶上凹下去的字"亚细亚"，这是亚细亚油行装煤油的桶，一尺见方，板凳高。若当炉子，下面用几块砖支起来。现在这只自来风炉子紧挨着炕。炉旁放一些成形和不成形的煤饼。炉火正在燃烧，发着呛人的生涩味。几个年纪不等的女人坐在炕上，有人手里有活计，有人手里没有。女人都是这家的女人。迎门方桌上点一盏带罩的煤油灯。男主人守着灯坐在方桌的"上手"椅子等待来人。主人五十刚过，赤红脸，胡子发黄，他就是这家"诗书继世"的现时主人。他手里捧一个粗瓷小壶，正对着壶嘴喝茶。厚重的门帘被挑开了，一位刚才还披着一身月光在街上走的人进了屋。他叫吉祥，是个三十开外的光头男人，双眼被一层厚厚的"萝卜花"（白内障）覆盖，使人看不见他的目光。他不穿这村人常穿的紫花大袄，穿一身青布棉裤、棉袄，把手袖起来。刚才进门时，他是用肩将门帘拱开的。这村叫笨花村，村人种棉花，紫花是笨花的一种，土黄色，冬天时，村人常穿紫花大袄。

来人走进屋子，不朝方桌走，不坐主人的下手，他自有熟悉的路线，直奔炉子而去，在炉前伸出手，把手烤暖后，就近坐在炕沿上。客人和主人一时无话，客人和主人答话和不答话都属正常。炉中火忽高忽低，有火星从炉口噼噼啪啪地爆出来。

第二位客人进了门，这是一个黑瘦脸、嗫腮、两眼炯炯有神的男人。他进门轻巧，像钻进来一般。他外号叫"黄鼬"。黄鼬进门也不奔方桌，也不坐炕沿烤火，他有专座，那是立柜跟前的一只机凳。

黄鼬坐在机凳上，屋内便生出言语。黄鼬朝着吉祥说："祥儿，小心烧了你的靴子。"自来风炉子有个下口，当火星从上口向上爆时，下口常有炭火跌下来。吉祥立时回答说："远哩。"他说的是他的靴子离炭火尚远。

第三位客人进了门，下手的椅子是主人留给他的专座。他眼神不好走得磕绊，迈门槛时，脚不由自主地踢上门槛。虽眼神不好，但肚子里的学问可以和主人媲美，况且还是这一方的名医，和主人是莫逆之交。他姓向，被村人称为向先生。向先生径直向下手椅子走去，坐下，一只手神经质地在桌上乱弹起来，像钢琴师的指法练习。

一个女人从炕上下来，拿根通条向炉子捅捅，转手把几块煤饼掰碎，扔进炉子。一股生煤味从炉中冒出来。这生煤味使坐在上手的主人想起了什么，他朝着坐在下手椅子上的向先生问："这栀子属什么药性？"向先生那只正在弹奏的手停下来，说："属温和。"主人又说：《实用国文》上说，这栀子还能染布？"向先生说："染黄。"坐在炕沿的吉祥受了栀子药性的吸引，立刻参与进来，问向先生："是温和药多，还是猛药多？"坐在杌凳上的黄鼬说："叫我递说你吧，这事还用问向先生。自然是温和药多，这药就像人，猛人多了，成什么世界。""你这比方也未必对。"吉祥说，"那日本国呢，在中国的日本人都属猛人，你看多不多。"这时正值"九一八事变"之后。

"日本，日本国小，人口也上亿。"黄鼬说，"在中国的日本兵才几十万，按这个比例数，还是猛人少。就算这几十万都是猛人。"

现在吉祥和黄鼬接过的本是主人和向先生的话，主人和向先生倒沉默起来，吉祥和黄鼬看主人和向先生不说话，吉祥就说："咱俩白话个什么，还是听向先生的吧。"

现在该向先生解释猛药和猛人的问题了。他却绕开话题，早在酝酿一个新话题了。

又有几个人进了屋，其中有主人的儿子和向先生的儿子，主人的儿子叫个很文雅的名字 —— 懋。向先生的儿子叫庆。懋和庆交往深，同在县城上过简易师范，属于村中年轻一代的文人。现在屋内的人数差不多已接近平时的水平，显得很满，站着的人把灯光遮住，炕那边就黑起来。

果然，向先生没有说猛药或猛人，他开始了一个全新的话题。他想药和人自然还是温和的多，这还需要解释吗？"我整天想一件事。"向先生说，"文治死前为什么只写了一条对联，把另一条空了不写，你说，这是不是有意所为？"

他说的文治是本村另一位文人"才子"，擅长书画，英年早逝，死于肺结核。他临终前在两条虎皮宣上写对联，只写了上联一条，把另一条下联空下不写。这条对联后来落在了向先生家中，那空下来不写的一条就成了悬念。

这种急转的话题，在这场合中是常见的事。话题想转就转，想接就接，接与不接，由谁来接，要由形势发展而定。现在的问题是文治只写了一条对联就撒手而去，是不是有意所为。

"有意所为。"黄鼬说。"这为哪般？"吉祥问。"考考后人呗。"黄鼬说。"考谁？"吉祥问。"谁学问大考谁，反正不考你我。"黄鼬说。

人们的目光自然而然地转向坐在上手的主人和坐在下手的向先生。

主人思忖着显出些深沉，向先生也思忖着，手又在桌子上一阵乱弹。

主人沿着刚才的问题问向先生："文治的上联是……"

"华岳西来云似盖。"向先生说，"盖是华盖的盖。""华盖的盖，华岳西来，来来来，谁来对对？"主人朝着大家说，要考谁似的。所有人将面临一次考验，吉祥不说话，黄鼬不说话，问题距炕上的女人更远。看来这问题将落在两位年轻文人身上。主人一向对儿子是夸赞有加的，儿子也愿意当众为父亲露脸。现在主人决定优先把机会留给儿子。他的目光在黑暗中一阵搜索，找到他的儿子懋，说："懋，你对对。"

懋是个矮个子，说话时，下巴极力上翘，要拔高自己似的，但他声音洪亮。现在父亲点了他的名，那就要首先证明一下自己也证明一下父亲了。

"叫我说，"懋说，"应该这样对：华岳应该对太行，西来应该对东去，云似盖应该对峰接天。"

懋说完努力观察主人的眼色，主人笑着，笑得有点讪，端起小壶就喝水，向先生接了话。

"懋，"向先生说，"你这叫'齐不齐一把泥'。

"你这里有两大错误，一是上联有山，下联就不能再有山，这犯忌；二是太行是南北走向，不能变成东西走向。峰接天嘛……"

"不行，不行！"主人也连着说，但没讲出原因。对对联是一种文雅之举，也就成了少数人的活动。

当主人父子以及向先生还在为此切磋时，另一些人便去开辟另一话去了。也有人在屋子里走来走去，门帘也有被挑开的时候。

另一个话题开始于炕上。

炕上的阵营包括了主人的老伴和他的两个未出嫁的女儿，以及懋的媳妇。两个未出嫁的女儿：一个叫大果，一个叫二果，长得都不好看。大果更甚，脸像个歪桃，且凹凸不平；二果皮肤虽嫩，但长相平平。懋的媳妇性格外向，爱闹，叫个桂花，炕上的话题，常开始于她。现在她正拿着鞋底在纳。手里的针线穿过底子拽过来拽过去，炕墙上她的影子也在闪动。

"你说，这剪子挑着眼也是百年不遇。"桂花说的是他们邻居家有位过门三天的新媳妇，纳底子时用剪子挑一个错误的针脚，剪子挑在眼上，瞎了一只眼。

"生让一个新媳妇摊上。"主人的老伴说。"黑水直流。"炕下一个人说。

"你看见了？"桂花问。

"看不看的吧，明摆着的事。"谁说。一个新媳妇伤眼的事很快被略过。"白妮又杀了一只狗，哈，个儿可不小。"黄鼬加入了炕上的阵营。白妮是个卖狗肉的老头。

"你说白妮煮肉真的放砂仁、豆蔻?"女主人问黄鼬。受丈夫的影响有时她话里也常带出些知识性，比如砂仁、豆蔻。

"听他的吧。"黄鼬说，"砂仁多少钱一两，豆蔻多少钱一两。让向先生说说。"

向先生没听见，他还在想对联，他叫着懋说:"懋，再对对，再对对。"

话题将再次回到对联上。懋没有立刻往下接。"请于老调吧，准能对上。"有人说。

于老调是笨花村编对子的能人，但编的都是"歪"对子。

于是黄鼬就说:"于老调那两下子，可登不了大雅之堂，光会编个穷对联:吃一升量一升升升得尽，走一步近一步步步难行。文治这对联可不是这等档次。"

"爹，有了。庆提醒了我。"懋对爹说。

"说说，说说。"主人说。

"我和庆两人研究，华岳应该对黄河，西来应该对东去，云似盖应该对波浪翻。这就成了黄河东去波浪翻。"

刚才当人们说着新媳妇"挑眼"、白妮煮肉的时候，懋和庆研究出了这个结果。

"接近了，接近了。"黄鼬兴奋着。"差的都是关键。"主人说，"前几个字还马马虎虎，这波浪翻……""败笔，败笔。"向先生也作着评价。"这样吧。"主人说，"把后三个字改成波如山吧，再把东去改成东流。"

主人说完努力观察着向先生，他希望向先生作出总结，此事才圆满。笨花人还是看重向先生的。

向先生思忖片刻，不看主人，也不看大家，眼光跳动着朝着屋顶。他说："这就成了，华岳西来云似盖，黄河东流波如山。对法上不存在大毛病，不俗不雅。换个对法，兴许还有不同的结果。"向先生一定还会有不同的对法，但他没有再往下说。人们便也不再等待。于是有了新话题。

屋里一阵骚动不安，女主人又向炉子里添了几次煤。

聚会终于散了，门帘被一次次挑开。人们踏着月光各自回家，后半夜月亮更亮，人看自己的影子看得更清楚。

过了一些天，懋和庆决心要把补上的对联落在纸上。这天懋来找庆，庆找出那条空着的虎皮宣，请懋落墨。懋的字是优于庆的，庆为懋研好墨，然后由懋执笔，把"黄河东流波如山"落在了纸上。

懋写完对联，单把庆叫到向家后院，悄悄对庆说："庆，你经常去我家，看见一件事没有？"庆说："都……都是黑夜。"懋说："你没看见？"

庆说："黑灯瞎火的。"懋说："坏了，我大妹子的肚子大了。"懋的大妹子便是那个歪桃脸闺女大果。"有……有了？"庆问。"有了。"懋说，"你说这是谁的事吧，我娘叫我查证，大果肚子里的物件怎么也得有个出处呀。"庆思忖一阵说："我倒想到一个人。""我也想到一个人。就是他。"懋说。"就是他，没跑。"庆说。

懋和庆一下就把那个人猜了出来。为了得到最后的证实，懋便差庆去找那个人对质。庆虽然是个不善言辞的人，为了哥们儿义气，还是答应下来。庆找的是吉祥。

一个下午庆把吉祥从家里叫到村外，两人蹲在村西的柳树坑旁。吉祥早已猜出庆为什么要找他，脸上挂了一路微笑。村人常看见吉祥脸上这种笑容，有几分嘎。两只长着萝卜花的眼睛眨个不停。

庆蹲下，吉祥也蹲下。"祥儿，"庆说，"有件事懋让我问你一句话。""没话你也不会找我呀。"吉祥说。"你看见大果的肚子了没有？"

"黑灯瞎火的看一个闺女的肚子干什么，你看见了？"

吉祥反问庆。

"我看见了，大了。"庆说。"大了？喝粥喝的吧，粥里放着山药，肚子就爱大。""从下边往上大的。"庆说。"哈，这就非同小可了。"吉祥显出吃惊，"谁的事？""懋想到一个人，我也想到一个人，黑灯瞎火的光在炕沿上坐着，挨着大果烤火。"庆说。

"庆，你这是要往哪儿拐！"吉祥机警地站起来要走，但脸上的"笑容"不减。

"祥儿，"庆叫住吉祥说，"蹲下、蹲下。"

吉祥又蹲下来。庆把吉祥的肩膀狠狠一摁，吉祥坐在地上。庆说："快，快招了吧，你。"

"谁招？"吉祥说，"谁办的事谁招。"吉祥又站起来要走。庆又把吉祥摁住。"我看见了。"庆说。"我不信，谁办事还能让人看？"吉祥说。"我看见大果跟你出去过，你先走，她后走。"庆说。"哪天？"吉祥问，又机警起来。"华岳西来云似盖。""哎，怎么就数你眼尖？"吉祥说着又站起来，但他不再走。其实吉祥这是"招"了。至于"华岳西来云似盖"那天，是庆"蒙"的。

吉祥看事情已经躲不过去，就将大果的肚子是怎么大起来的一五一十告诉了庆。

134

那天，人们正为那条对联对得热闹，炕上又是新媳妇挑眼睛、白妮煮肉。吉祥就在炕沿上拉了一下大果的手，大果没躲。他又摸了大果的脚，大果还是没有躲。吉祥就把大果勾出了屋。主人家有个放柴草的闲屋子，正是个合适的幽会之处。就着柴草，大果不仅懂了男女之事，肚子也一天天大起来。

果真是那两条对联惹的祸：华岳西来云似盖，黄河东流波如山。

后来大果在众说纷纭中嫁了人，自此再没有回过笨花村，据说生了个儿子，眼里也生着萝卜花，胎里带出的。吉祥不再去大果家扎堆儿对坐，他有了新去处，晚上踏着一路月光。

2008年12月初稿

2009年12月再改

发于《人民文学》2010年第9期

夜之惠

这家院子很大，被一带土墙包围，土墙常年被雨水冲刷，墙垣高高低低，凸现出一个个"驼峰"。已是冬天，月光很亮，几棵干枣树的影子铺在墙上，也铺在地上，人从院里穿过时隐时现。人是来这家聚会闲坐的。

这家主人是位年长的妇人，红脸盘，好脾气。她本是嫁出的闺女，又回娘家村子落了户。不同辈分的人都称她为姑姑。姑姑丈夫是个酒鬼，早逝。姑姑的日子过得窄狭，心底却宽广，能容纳世间所有的人、所有的事。

现在，主人的屋子里没有灯，连炕锅台里的火刚刚熄灭，余火星星点点不断从灶膛里飘出来。烟柴味儿笼罩着屋子。几只刚吃饭用过的饭碗零乱地摆放在锅台上。现在屋里黑暗，只待有人进门撩动门帘月光闪进来时，才能看见碗的存在。

姑姑袖着双手坐在炕上，因为没灯，手里也无活计。

她旁边坐着一个该出嫁还未出嫁的女儿和一个不该出嫁的女儿。姑姑生过六个女儿，这是老五桃子和老六杏子。

门帘被撩开了，进屋的是一对夫妻，男人叫五寅，女人叫大芬。他们无子女，最爱出来闲坐。每晚，他们是姑姑家必到的客人。五寅和姑姑很近，是自家人，长相也酷似姑姑，红脸盘，颧骨上的肉堆得很厚。大芬瘦小，脸上皱纹很多，像木刻画。五寅走进屋，径直朝方桌走，摸到上手椅子坐下。姑姑家无油点灯，但尚有出嫁时的陪嫁之一种：方桌和圈椅。大芬绕过桌椅朝炕走，一欠身，坐上炕沿。

院里又有脚步声，鞋底擦着地，步速偏慢。门帘随之被挑开，是一个大汉，腿很长，像小学课本上"大人国"里的人形。大汉几步迈到桌前，坐在下手椅子上，他叫卯。整个夏天卯都光着膀子，冬天的衣服穿得也很潦草，脚上的布鞋常"张着嘴"。

又进来一个女人叫绒，矮个子，走路时脚很是向外撇。如果在白天，人们首先看到的是她那张时常噘着的嘴。她的到来，使屋里发生了言语。她进门还未坐定就朝着坐在下手椅子上的卯说："卯儿，俺那铁火炉儿哩？"卯没有立刻回答，沉默片刻才说："院里扔着呢。"

"给俺搬回来吧。"绒说。

"恁使哟?"卯问。

"使不使也是俺的。"绒答道。

铁火炉是一种以煤做燃料做饭用的铸铁火炉，用时旁边安一风箱，炉上坐锅。只有烧煤的富裕人家才用这物件，烧柴不用，柴要烧进灶膛。卯家有煤，可他并非富户，他是一个推煤为生的小贩，两天一趟石家庄，一辆独轮车上装两块大砟，头天早晨出发，来日黄昏回村，红铜似的臂膀上搭着袢绳，还是脚上那双张着嘴的布鞋走得踢踢踏踏。大砟卖给后街的茂盛店，零散的碎块自己烧，可他没有铁火炉，就借绒家的。

现在绒管卯要铁火炉，卯没有说给，也没有说不给。绒没有再说要，也没有说不要。沉默一阵，桃子和杏子在炕上为什么事推打着闹，说小话儿。坐在上手椅子上的五寅冷不丁朝着炕上说："姑姑，这耶稣为什么单把天堂的钥匙交给彼得保管？山牧仁递说过没有?"这种突如其来的问话在这种散漫聚会中常见。

山牧仁是城里基督教堂的牧师，瑞典人，他经营的教会叫神召会。姑姑有时去做做礼拜，对耶稣似信非信的。

"准是觉得彼得可靠呗。"姑姑说，"和人世间的事一样。谁可靠，靠给谁。"

黑暗中你会觉出姑姑在微笑着。若在白天你会看见她颧骨上的肉堆起来，变得通红。

"天堂的门什么样，铁的还是木的，山牧仁递说过没有?"五寅又问。

"哈，你这一问可难住你姑姑了。"姑姑说，"讲道，讲道可讲不到这一步。"

"你说铁的吧，天国还有人打铁? 你说木的吧，天国还有树?"五寅思索着，问姑姑。

姑姑没有再做回答，她遇到了难题。沉默中，又有火星从灶膛中跳出，或许是火星的跳，又引出了铁炉子的事。

"卯儿，俺那铁火炉呢?"绒又问卯。

"再叫他使几天吧。"好心的姑姑插了话。这也是躲开"天堂大门"的好时机。

绒不再说要。一阵沉默。

又有几个人走进屋：五寅的堂弟外号三转，三转后面跟着几个半大小子。三转进门用脚踢着找板凳坐。几个半大小子零散在黑暗中。

三转踢到板凳顾不得坐就迫不及待地对大家说："砸明

火啦，后街。"

砸明火就是有人家被盗。

"谁家？"有人问。"老晌！"三转答。"嗬，算砸着啦。"五寅惊赞着。

人们在黑暗中变得眉开眼笑，他们是笑这盗贼的没眼力见儿。老晌家住村北，是村中一个有代表性的穷汉，但他粗通文字，生性幽默，憎恨贫穷，向往富贵。常以写对联的形式发泄着对日子的不满。比如，别人家过年门上常贴"又是一年春草绿，依然十里杏花红"的春联，欢天喜地。老晌就写"一脚踢出穷鬼去，两手捧进富贵来"。别人家为天地灶君上供上猪头年糕。老晌也上供，就在供桌上摆一碗凉水。盗贼偏偏翻墙越脊地跳到他家。三转说两个蒙面盗贼跳墙进院，在月光中和老晌站个对脸。老晌审视一下来人说："来啦？"盗贼不语。老晌又说："来吧，吃什么有什么，喝什么有什么。"盗贼推老晌进屋，审视一遍，发现炕上有条破棉被，当屋有个大水缸。此外几乎别无他物了。有个贼发现桌上竟有一块砚台，以为是宝物，拿起掂量掂量，想把它揣走。老晌说："那是块砖头，我刻的。"盗贼气急败坏把砚台摔在地上，一破两半，果然是块砖头。贼愤然而去。

三转把砸明火的过程叙述一遍，黑暗中便爆发出抑制不住的笑声，都笑这盗贼的失算，笑老晌的风趣。

"这下老晌又该编对联了。"谁说。"准得编。"谁说。"五寅，这怎么编？"姑姑在炕上单问五寅，现在五寅在众人中是位智者。

"怎么编？"五寅问自己，"开门单迎强人进，缸里凉水敞开喝。"五寅自己答道，答得合情合理。

笑声再次升起、蔓延。这是在笑五寅的应对能力了。于是几位半大小子顺势就把激情朝向了五寅，他们要求五寅讲书。讲书才是五寅的强项，编对联是他的"捎带手"。五寅讲书有"瘾"，有时他的开讲靠人的激发，有时无人来"激"，他也要寻机开讲。现在他被人所激，就更增加他开讲的合理性。

五寅开讲已不存在任何悬念，屋里变得鸦雀无声。他清清嗓子，拍打拍打身上，像位即将出征的将军提枪上马似的。他一旦开讲，便像将军策马下山，风急天高了："话说，圣上传旨，命施大人施不全寻找三桩国宝。那圣旨上写道：找到三桩国宝高官拣坐骏马拣骑找不到三桩国宝举家犯抄活灭九族连施不全的官职一抹到底。"

这本是五寅讲书时一段司空见惯的"贯口"，不算新奇，但五寅愿说，众人愿听，这贵就贵在五寅那一口气，他不换气，不打奔儿，一气呵成。然而，这毕竟是个小段，听完小段，众人要听的当是五寅的整本大套。在整本大套中，五寅最拿手的当是关公的"屯土山""挂印封金"至"护送皇嫂千里走单骑"。对于关公这段故事，五寅一旦开讲是要全身心投入的，可称得上口若悬河、高潮迭起，贯口处处见，段段有包袱。他所倾注的感情，不亚于关公保护二位皇嫂所倾注的感情，声泪俱下也是常有的事。

现在五寅的讲书，仍旧开始于施大人寻找三件国宝，结束于关公的过关斩将。人们受着故事的吸引，谁也没有注意到，有个人却冷淡着施大人和关公早已离席而去。这便是三转。只有离他最近的卯注意到了。现在五寅的书刚结束，屋内安静下来，卯自言自语地说："走了。"卯虽然说得轻，但人们还是听见了。大家也知道卯指的谁。

三转走了，又进来一个人，是个女人，这是三转的媳妇，她岔过人的空隙，摸黑走到炕前，姑姑已感到她的到来，赶忙在炕上为她腾出一席之地，这女人便欠身上了炕。

这是一个身材匀称、面容白皙的女人，满月似的圆脸，头发乌黑，嘴角以下长颗美人痣，在村子里应该算是最美的女人。这女人在炕上紧挨姑姑坐下，带着几分激动和恼怒拍打着自己的手对姑姑说："又去了！又去了！"她说话声音虽小，一屋子人还是听见了她的诉说。谁都知道"又去了"意味着什么。这关系着一个女人的无奈。人们想，还是换个话题给这女人以宽慰吧。

五寅朝着炕上说："姑姑，那天使真有翅膀，山牧仁递说过你没有？"

面对这问题姑姑没有回答，她觉着"又去了"最为重要。她正在黑暗中拉着女人的手。"又去了"正在使屋内气氛起着变化。

"莫非这人……"绒说。"和鸟兽一样，都有个性情。"卯说。"俺家的公鸡，给一群草鸡'炸蛋儿'，按住谁是谁。"五寅的媳妇大芬今天才说第一句话，她是个"公鸭嗓"，在黑暗中说话显得一惊一乍的。"炸蛋儿"就是鸡的交配。

"狗哩？前街老混家的狗一连一条街，见谁日谁，母狗看见就跑。"谁说。

"别拿鸡狗打比方了。"姑姑说，她把三转媳妇的手抓得更紧了。女人贴着她的肩膀喘着粗气。

听了姑姑的话，大家又安静下来，不再说鸡狗的性事。他们只在黑暗中研究，三转是何时离开这屋子的。

就像三转是专来报告后街砸明火的，然后乘着施不全正在追寻三桩国宝，关公还没有保护皇嫂过关，就悄然离去了。那么，这屋子里就在不知不觉中少了一个人。这里少了三转，另一个地方就多了三转，这就是三转媳妇说的"又去了"那件事。

三转去哪儿了？他去了一个叫四寡妇的家。这四寡妇就住在姑姑家斜对门，三转正苦恋着她。三转扔下自己美人般的媳妇不顾，苦恋着一个丑女人四寡妇，是人所共知的事，也成了村中的奇闻。于是人们就给三转起了个外号叫"三转"。三转本来有大名，三和四离得近。

人们不再拿鸡狗打比方，又开始了一些互不相干的话题，诸如，谁家的老人得了"水臌"；牲口吃苜蓿为什么能上膘；也有涉及国家大事的：张作霖被炸死的那个地方叫皇姑屯还是叫黄瓜屯，少帅张学良下步该如何替父报仇……绒没有再向卬要铁火炉，天堂有没有树、天使长不长翅膀仍旧是悬案。这些悬而未决的问题，迟早还会提及。现在已是后半夜了，人们要各自回家。

从姑姑家的黑屋子里走出来看月亮，月亮更显明亮，人们跟着自己的影子走出姑姑家那个有枣树的院子。走过一个小门时他们都不约而同地朝那里望望，那是两扇不上油漆的

白茬小门。小门关得很紧。其实那个寡妇是个丑女人，扣胸，瓦刀脸。三转的媳妇可是挺俊的。人们到底也不明白，这人到底是怎么回事，三转这到底是怎么了。

这天夜里三转媳妇没有走，她睡在了姑姑的炕上，姑姑把自己的压脚被匀给了她。夜里很冷，姑姑就在自己脚下压了一个簸箕。

早晨，三转媳妇先醒了，她撩开被窝不好意思地观察身下的褥子，原来褥子上有一小片红，她拽起自己尚未穿的棉裤脚，左擦，右擦，打算把那一小片红擦掉，但无济于事。姑姑发现了她的举动，知道那里发生了什么，就说："别管了，我挖补一下吧。"三转媳妇涨红着脸，也笑，但很讪。讪的笑，才冲淡了挂在脸上一夜的愤怒。她不再管褥子上的事，站在炕上"光板"穿棉裤，"光板"穿棉袄，系着腰带对姑姑说："姑姑，我走吧，还得笼火呢。"说着，又坐在炕沿上垂着两只脚找鞋。

三转媳妇走了，姑姑从炕角拉过"营生簸箩"拿出剪刀，将那枣大的一小片"红"挖了下来。桃子和杏子靠墙睡，挤一个被窝，她们看着姑姑在挖补，觉得眼前很空洞。晚上人们说了那么多话，一睁眼又像什么都没说。

姑姑在褥子上挖了一个洞，又铰了一小块旧布，补着，自言自语着："这一个月一个月过的。"她在惋惜着三转媳妇白白延续着的"月事"，也是在埋怨三转的行为。二人结婚许久，至今尚无子女。

2008 年 10 月初稿

2009 年 12 月再改

发于《人民文学》2010 年第 9 期

秘秘

这是一间双人病房，我进门时只能看到另一张床上那位患者的一双脚，脚很薄，苍白，左脚背上有一颗核桃大的黑痣。脚以上被医院印有标识的被单覆盖，我擦着他的床边走过去，找到我的床位。

我这次患的是无名头疼，院方建议我住下来观察治疗。我享受的是"高干"待遇，其实双人病房算什么高干待遇，院方一再为我解释，目前床位紧张，才在此间加了一张床。

我躺下了，把两床之间的布幔拉上，也算是块独立天地了。忍着头痛静思一些事，也无奈地注意着对方床上的一些动静。对面的陪床人员不时进进出出观察他的病人。病人是安生的，半天无任何活动和要求。少时医生来了，说要为病人放水，因为他腹部有积水。自此诊治开始，有人把所需器械推进来操作着，水声也相继而至。

并嘱患者这次先放两千毫升，水开始向一个容器里流淌着，发出滴滴答答的声响。

我了解"放水"这个流程，少年时我曾在解放区一所医院做过医助，也为病人放过水。腹腔积水大半是肝病所致，我曾为一位患此病的妇女放水，最多时一次放水达五千毫升。当时借用农家的水筲，水达半筲之多。我用一个粗大的针头接一条管子，将针头刺入腹腔，积水流了出来。

这位不常发声的"邻居"像是一位半昏迷的失语者，现在伴着那边的流水声，他忽然大声喊道："拉屉屉！"这对于他来说当然是一句最真实、发自内心的声音了，而且声音洪亮，表达简洁。陪护人员进来帮他排泄。后来他又发出一些断断续续不连贯的自言自语，比如："你敢！放了他！服从，子弹……"当然，这些言语都与战争有关，证明着他是一位有战争经历的战士，现在是一位离休的老领导了。

有一天我的猜测终于得到证实，他是一位老革命，且是一位省级领导。

有人来看望老人了，捧着大束的鲜花，提着特仑苏牛奶，有山区放养标志的笨鸡蛋……来人凑到老人耳边问：

"秘秘书长，好点吗？我们来看您了！"老人没有反应，也无话语回答。

原来这是一位当过秘书长的老革命，住在这里当是省级或副省级待遇吧。

来人又向老人说了些慰问的话，还向他汇报了当前的大好形势，老人仍无反应。

秘，一个少见的姓氏。秘，也引起了我的一点回忆。抗日战争时我也认识一位姓秘的战士，后来负伤住在我们的后方医院，我曾为他换药治疗。他性格开朗，好开玩笑，常说些逗人玩的开心话，减少自己和病友们的痛苦。像"子曰：学而时习之，不亦说乎？有朋自远方来，不亦乐乎？"下面是他自己编出来的，"打把茶壶，手提夜壶，大饼热乎，切糕黏糊，睡不醒就迷糊……"连下去还有无数个"乎"。

我为他换药，喊他秘秘，他喊我战友。秘秘的伤，在肩上。一次伏击战中，他所在的区小队，伏击了日本一个汽车队。他左肩负伤，一粒日军三八枪子弹从肩胛骨缝中穿过，幸未伤及骨头，只是一个被穿透的洞。大夫让我为他做处理，先用挠匙伸进伤口，将洞内的渣滓刮干净，再将一条沾满红汞的纱条穿过去，手抓纱条的两头用力勒，直到鲜血渗出发现新肉。再做些后续处理后，用敷料将两口敷严，隔日换药。

此手术要在无麻药的条件下进行，伤者的疼痛可想而知。然而秘秘却面不改色，口中念叨着他的"不亦乐乎"，并增加许多新"乎"，还常常鼓励我说："战友，只管干你的活儿。"

半月以后吧，秘秘的伤口终于长出新芽，洞内的空间日渐缩小，秘秘要和我告别了，出院时他扶着我的肩膀说："战友，就这样干，干你手下的活儿，谁喊疼谁是孬种。"

秘秘走了，给我留下的是他的快乐和对我干活的鼓励。

后来听说他由区小队分配到县大队，然后又去了军分区的三纵队，但我再没有见到过他。几十年后他会有更高的升迁。

当然，秘姓还会有许多人，现在身边的这位秘秘书长不一定就是秘秘吧。

几天来我努力观察着同房病友的蛛丝马迹，他的脚很白，很薄，左脚背有一颗核桃大的黑痣。在我的印象中秘秘也有此特征，当时他自己还常说，脚板薄跑得快。但是脚很薄很白也许是他长久卧床所致。

一天，医生又要为他放水了，命他侧身而卧。我故意走过去研究他的体征，瞬间他露出了双肩，我发现他的左侧肩胛骨下有一处枣大的伤疤，在射灯下显得很亮，像一颗不规则的五星。原来这就是他，是秘秘。

晚上，他的治疗终止了，只剩下我和只有一幔之隔的秘秘，他静卧着，偶尔发出些自问自答的呓语：子弹，放了他，你敢……

我认出了秘秘，思绪万千，但无任何交流方式。又一天过去了，我已进入梦乡，秘秘却在那边突然喊道："战友，干你的活儿。"他话说得含糊拖沓，但我还是听清了，他呼唤的是战友，是我。我连忙乘机企图与他对话，告诉他战友就在他身边。但他已打起呼噜。

秘秘的病见好，肚子也瘪了下去，话也多了，但还是一些语无伦次的问答。有人来看他了，问："秘秘书长好些吗？"他答道："谁姓秘？"来人问："你喝水吗？"他答道："放，放……"

我站在人后，双眼盯着他左肩上那块伤疤，眼泪掉下来。这时老人突然像有所感应一样，高喊道："战友呢，就他行！"

我连忙走过去拉住他的一只手说："战友在，在……就在你身边。"但他又闭起了双眼打起了呼噜。

我要出院了，和秘秘相处的几天脑子里尽是从前和他相处的往事。想到人生是如此短暂，曾几何时他还是用快乐充实着自己又用快乐感染着他人的年轻战士，而今却成了一位只有呼吸、失去一切不该失去的能力、只在需要排泄时才能正确表达生理需要的老人。

我看见他床头的标牌，他已是九十六岁的高龄，屈指算来1945年他当是二十三岁。

我要出院了，站在他床前，再次拉住他的手，喊着他的小名秘秘，企图调动起他的记忆，说："秘秘，我就是你的战友，为你治过伤的战友。"秘秘睁开紧闭的双眼，盯了我一眼说："战友？没有……遍地都是敌人……蝗虫一样，朝你……冲。"

我又说我是战友，我就是。秘秘闭上双眼，伸出手朝我摇了再摇，然后就大声朝着门喊："拉屁屁。"

一个护工端着便盆走进来。

2018年8月于北京

黑

一

黑不是一头牛，黑不是一匹马。黑是个人，黑是个女八路，黑是个汉奸，黑是个好人，黑是个坏人。

黑第一次来我家，深更半夜，由抗日村长领着。村长把黑领进我家，在灯下对我爹说："老向，认识认识吧，这是黑同志，东边过来的。"我们都知道东边过来的人，就是八路军来开辟工作的。东边就是我们东边几个邻县。那里抗日工作开展得早，也就出干部。

我爹在灯下正教我念《实用国文》，念《曾参教子》那一课，他见有人进屋，合上书连忙从椅子上站起来问道："黑同志姓黑还是叫黑？"黑站在灯下只笑不说话。

村长就替她说："都这么叫她哩。"

我就着灯光看黑，黑不能说黑，也不能说白，平常人吧。她个子不高，长圆脸，下巴偏尖，没穿八路军军装，也没戴八路军帽子，腰里只系着一条皮带。她摇着一头齐肩的长发，头发还有点自来弯，眼光在灯下一闪一闪对我爹说："就这么叫吧，反正我也不白。"黑看起来很随和。有点招人待见。

后来村长对我爹说，把黑领进我家，是老范的指示，老范说，要给黑找个堡垒户。老范和我家熟，是抗日政府敌工科的干部。

黑要住在我家。全家人都围了过来，我奶奶、我娘、我嫂子一群女人。现时我家的男人就我和我爹，哥哥们都在抗日前线。我爹在抗日政府担任督学，还常不在家。女人们围住黑看，看稀罕一般。我家还没住过女八路。

黑要住我家。我娘说："就让三儿和黑就伴吧。我去收拾耳房。"我小名叫三儿。

我娘说的就伴就是让我和黑一起睡。我一听说让我和黑就伴，浑身就不自在起来。我不愿意：一个男人，一个女人，虽然我才九岁。我不敢说不。再说黑是八路，抗日群众要拥军，也是我们"抗小"①老师的教导。

村长看我低头不语，摸摸我的头。黑也伸手摸了摸我的头，事情就这样定了。

二

晚上，我将要和黑睡在我家耳房里一盘小炕上。我家有正房有耳房，耳房跨在正房两边。先前我一个人睡这盘小炕。现在我要和黑一起挤。我娘点上灯把耳房打扫一遍，又抱来枕头、凉席、被单什么的。现在正是夏天。事情既已定下，我就抢先在小炕上躺下来，用被单裹住自己，我怕和黑一起上炕，一起脱衣服。

我听见我娘在院里给黑备下热水，黑在院里洗了脸、洗了脚，就走进耳房。我面朝墙，把自己裹得更紧。黑脱鞋上了炕，窸窸窣窣脱衣服，她一定发现了穿着衣服紧裹被单的我，说："三儿，最近没情况，细睡吧，别捂出痱

---

① 抗小：抗日小学。

子来。"

没情况就是敌人不出来"扫荡"。敌人出城就叫"有情况",躲敌人就叫"跑情况"。细睡就是脱光衣服睡觉。平时我们那里不论男女老少,睡觉都要细睡,只在有情况时才穿着衣服粗睡。

我不说话,假装已经睡着,黑在我旁边躺下来,伸伸胳膊,伸伸腿,东砸我一下,西撞我一下,身上的气味也飘过来,她要细睡。

其实黑知道我在装睡,就说:"三儿,刚才你爹教你念什么书?"我忘了我是已经睡熟的人,就说:"是告诉大人不要欺骗小孩的事,古时候也有大人欺骗小孩的,有个人叫曾参……"

黑笑起来,说:"知道你装睡,咱们是不熟,熟了你就不怕我了。明天我教你跳个舞吧,教你跳个《藏粮舞》。先教会你,你再教给你们的人。"

黑说的你们的人是说我们抗日小学的伙伴。看来村长早把我们的家庭情况告诉了黑,连我的"抗小"身份,黑也早有了了解。

我高兴地翻过身来,面朝黑说:"明天教?"黑说:"明天教。"

我忘了黑是细睡的，我看见她那半盖不盖的身子。一团被单缠绞在她身上，我又赶紧把身子扭过去。我们的小炕上有月光，我觉得黑并不黑。

三

黑在院里枣树下教我跳《藏粮舞》。黑对我说，这是她刚在东边学的，不一定全对。她教我把身子站直，两手叉腰，先"咯噔"左腿，抬起右腿。然后再"咯噔"右腿，抬左腿；向下弯腰，眼睛朝地下看，她说这是找藏粮的地方。然后双手举高"刨地"，抬出"粮食"放入挖好的"洞中"，再铲土掩埋。这都要用舞蹈来表现。黑哼着舞曲伴唱。最后，粮食被埋藏，藏粮人围住"藏好的粮食"唱起来：我们都是老百姓 / 学会工作在田中 / 打得好多粮食呀 / 我的心中多太平 / 可恨那日本鬼 / 驱使伪军到处抢掠 / 我闻之最心惊 / 坚壁了多太平。

我一遍遍地"咯噔"着腿"藏粮"。我爹在旁边看我一拐一拐地跳，说："黑，你看这个藏粮食的人，腿脚准有残疾，不太利索。"黑说："都是我教得不地道，我就是这么学的，动作也不标准。"

黑把自己跳得也汗津津的。一件单衣湿得前心贴后心。她解下皮带，撩起衣襟不住擦汗，两手不断梳理着汗湿的头发，这时我看黑格外好看。

黑在我们村住，不像其他干部一样串联开会，发动群众。黑不串门，也不让群众来找她。她在我家就专等一个人。这人就是老范。我娘问我爹黑是哪类干部，怎么和别的干部不一样。我爹说："咱们对革命内部了解甚少，我这个督学，光知道教育口这点事，黑和老范自有故事。"

四

黑又来了，我娘说："黑哟。"黑说："是我，大娘。"

黑进了院，站在院里不进屋，只看枣树。我家有几棵枣树很旺，正结着枣。那枣叫"大串杆"，枣长得平展，皮也薄，吃起来细甜。黑爱吃枣。黑问我娘："三儿呢？"我娘说："没看见在树上。"黑朝着树上说："三儿呀，给摘几个好的吧！"我就拣好枣往下扔，黑就在树下跑着接、弯腰捡，捡起来在衣服上蹭蹭，咔咔吃起来。现在黑穿着白短袖布衫，阴丹士林①蓝的裤子，衣服又短又瘦，浑身鼓绷绷的，我就不好意思往下看了。我不敢看黑，可黑敢亲近我。我从树上下来，把装在口袋里的枣也掏给黑。黑接过枣，一弯腰把我箍在她怀里。我觉得她怀里很胀、很热，我想跑，正好我娘在廊下叫黑。

"黑，还不快进屋歇会儿，吃枣有的是。"我娘说。黑放开我，提着她的小包袱就朝我们那个耳房走去。

最近黑来我家手里总提着一个小包袱，包袱里是她将要换的衣服。

黑是女八路，可她从不穿八路军的衣服，那包袱里包的也不是军装，那里的衣服很新鲜很洋气。黑走进耳房，把小包袱放下又出来对我说："三儿，那个《藏粮舞》你的人都会跳了吗?"我说："都会了，还正式演出过一次。"黑说："有机会我再教你一个洋式的吧，苏联传过来的，叫《别露露西亚》。这比《藏粮舞》还好看，有男有女，女的还穿裙子。"黑说着揪起自己衣服的下摆就地转了两圈。黑又说起这舞的来历，说这个苏联舞还是从延安传过来的。我问黑，我们的女生没有裙子怎么办。黑说："让她们各自

---

① 阴丹士林：一种蓝洋布的品牌。

160

拿家里的包袱皮替代。"

《别露露西亚》，我觉得这舞的名字很奇怪，就问黑："怎么这名字这么怪。"黑说："我也觉得挺绕得慌，要不说是个洋式的呢，这是个洋名、苏联名，是苏联那边的舞蹈。他们那边的女人穿裙子。你说裙子好看裤子好看？"我没见过女人穿裙子，回答不出。黑说："要我说裙子好看，看戏台上的女人裙子一飘一飘的，你没见过？"我想起来了，戏台上的女人穿裙子我见过，我问黑，真有那样的人吗？黑没有回答我的问话，想起什么事似的，撩起衣服大襟，从口袋里掏出一盒烟，抠出一根抽起来。我最不喜欢黑抽烟的样子，她说那是现学的。现学不现学的吧，反正那样子不好看。我们村有女人抽烟，那都是不好的女人。

黑又是来等老范的，黑和老范常常是前后脚到我家。果真老范来了，老范也不穿八路军的衣裳，穿一身白纺绸裤褂，手里拿一把折扇，像个卖洋布的买卖人，可他腰里有枪，有一把德国撸子。老范进了门，和家人打了个招呼，就把黑叫进耳房，关上门说话去了，他和黑说话都要关上房门的。这时家里人就躲到后院。我爹常在后院，我爹当督学之前是医生，我家后院还有他闲着的药房，他常回来给后方医院配药。

我爹在后院问我娘："老范来了?"我娘说："来了。"我爹说："又给黑布置工作来了。"黑的工作要由老范来布置。

五

一顿饭的工夫，黑领了任务，来后院向我们告别，老范站在黑的后头，用折扇啪啪地拍着手。老范是个言语不多的人，虽然和我们全家也很熟，可相处不像黑和我们那么自然，使人觉得他说着这件事还想着别的。

黑一接到任务就变成另外一个人了。就在她和老范关着门说话的时候，她换了衣裳（小包袱里的），还化了装。其实她小包袱里什么都有：小梳子、小镜子、香粉、头油、口红……现在她穿一身日本产的藕荷色毛布大褂，袖口齐着肩，黑礼服呢皮底鞋，肉色洋袜子，头上使着油，别着化学卡子，嘴上还抹了口红。刚才她和老范关在屋里，就像变了一场魔术，老范就像魔术师。

对黑这身打扮，虽然我们都不喜欢，看惯了也就不稀罕了，就像黑抽烟一样，那是形势的需要、抗日的需要。形势需要她变成什么样，她就得变成什么样，刚才还弯腰

丁乙2019.3 竹石

捡枣呢，现在就变成一个洋媳妇，现在是洋媳妇黑要进城。进城干什么，只有黑和老范知道，城里住的是日本人和伪军。

老范和我爹握了手，黑没有和谁握手，只对我说："三儿，《藏粮舞》里有两句唱，我唱得不对，过两天我再教你，还有那个《别露露西亚》舞。"我娘给他们开了我家后门，后门直通县城大道。

我爬上房顶看黑，黑向县城走，老范朝另一个方向走，黑走着走着，划着火柴点了一根烟，一缕青烟和一块大庄稼地把她遮住。

六

两天以后，黑从县城回到我家，还是那身打扮，可人却不那么新鲜了。毛布大褂皱皱巴巴捆在身上一样，一只丝袜子掉在脚腕上，头发也不再整齐，化学卡子也不见了，眼圈有点发黑，看上去她很累。

我娘看见黑和往常一样说："黑哟。"黑说："是我，大娘。"我娘说："我去给你烧水洗脸吧，看这风尘仆仆的。"

黑在耳房把自己洗涮干净，换上平常的衣裳。我们就着月光和黑一起低头吃晚饭，谁也不问黑进城的事，黑什么也不说，饭吃得都不香甜。

这天晚上黑没有细睡，在黑暗里她箍住我的脖子对住我的耳朵问我："三儿，你爹呢?"我说："走了。"

黑说："想法递说你爹，三天之内别回村，千万千万。也递说你哥哥，叫他别回村。"我哥哥在区上当粮秣。"也递说村长和你们的人都经点心。"黑又对着我的耳朵说。

我明白黑对我说的话，这就是"有情况"，这情况是黑得来的，是黑用她的打扮换来的。

七

两天后，黑说的情况得到证实，日本人和伪军来到我们村，在村里指名道姓地抓人，人不在就烧了一些房子，烧了我爹的药房。村人得到消息早，损失不大。

黑和老范不断在我家会面，黑不断化装进城，一次次带回情报，村人也一次次躲过灾难。八路军得到情报也早，打伏击打得很准。

八

但是，抗日县长被敌人从另一个村子抓走了，几天后他遭到敌人的杀害。行刑时，县长高喊着抗日口号，被敌人乱枪打死在城垣之下。

人们猜，准是有人出卖了县长。

九

一天晚上，黑又来了，和过去有些不同，她显得少言寡语，家里人和她说话，她也答非所问似的，直到她又和我挤上小炕时，话才又多起来。她摸黑躺下，叹了口气对我说："三儿，咱俩说说话呀。"

我不知说什么。黑又说："三儿，你几岁了？"我说："十岁了。"

黑说："你说日本人为什么要来中国，不来多好，他们来了咱们还得打他们。要是不来，少多少事呀。"

我想了想说："嗯，可日本人不来，我还不认识你哪。"

黑说："我真不知道你这么会说话。"

我也不知道我这么会说话。

这时，黑一转身侧过来把我箍住。她的身子紧贴住我的脊梁。我觉得她的身子有点凉，也许是我的身上有点热。

我和黑挤一盘小炕转眼一年了，我不嫌她，还有点愿意和她挤了。可黑和我整天说话，她从来没有说过"咱俩说说话呀"这么郑重其事的开头。现在黑这么一说，就像要有什么事一样。

黑在我身后摸摸我的脸说："看你多好，才十岁。你愿意长大吗?"

我说："愿意。"黑说："我不愿意。我不愿意你长大。你长大了还能和我一块挤哟?"我觉得还是不长大的好。黑说："还是不长大的好吧。"

黑轻轻叹着气，转过身从枕头底下摸出一根烟，点着，抽起来，说："三儿，我知道你嫌我抽烟，我也嫌我。这就是长大的不好。"

我说："你不兴不抽呀。"黑说："不抽不行，这都怨日本人来中国，有人愿意看我抽烟。"

黑的话我又懂又不懂，想到她风尘仆仆从城里回来的样子。准是城里有人愿意看她抽烟吧。

她抽着烟问我："三儿，你说要是不让你当人，你变一只鸡好还是一只鸟好？"

我说："变鸡，鸡对人好。"黑说："鸡也被人吃。"我说："变鸟吧。"黑说："鸟被人用枪打。"我说："那变什么？"

黑说："要变就变一阵风，来无影去无踪。刮一阵子走了。想找都找不到。下辈子我就变一阵风。"

黑今天说话很乱，可不像过去的那个黑。她冷不丁又问我："哎，三儿，有人给你说媳妇吗？"

我不说话。"也许有吧。"黑说，"不好意思了吧。有没有的吧，早晚的事。可得让你娘给你好好相相。你想找个什么样的？"

我的心怦怦跳着，我想说，要找就找黑这样的，可我说不出。黑说得出。

黑说："可别找我这样的，你听见没有。找个安生的。这是我嘱咐你的话，早嘱咐为好。谁知道哪天还能见到你。"

黑的话把我吓了一跳，我猛然坐起来，忘记细睡的自己，黑伸手在炕墙上把烟掐灭，也忘记细睡的自己，她箍住我说:"三儿,别嫌我有烟味 …… 你就永远十岁吧。"说完在炕上一滚,用被单紧裹住自己,好久不再说话。我以为黑就要睡着了,可她又脸朝房顶猛然问我:"你说看过戏台上穿裙子的女人,好看吗?"

我说:"好看。"

黑说:"身上脏着哪,脚臭着哪,要饭吃的一样。可会唱,遇到带冤枉的戏,更是没命地唱。所以呀,带冤枉的戏都有看头,就像《窦娥冤》一样。"

我问黑:"你说六月真能下雪吗?"黑说:"那是老天爷睁开了眼,看见了窦娥的冤。窦娥唱着:窦娥的冤枉动天地,三尺雪将我的尸骨埋。"黑哼唱起来,声音颤抖着。我问黑:"真下了三尺厚?"黑愣了一会儿说:"也许三尺还多哪。"这一夜我和黑都没有睡。

天亮了,老范来了。

十

老范来了,这次他没有穿纺绸裤褂,穿一身灰军装。老范身后还跟着两个人,穿着便衣,可手里都端着手枪。

老范知道黑正在我家耳房里等着他，这次他不进屋，单把黑叫到当院说："米黑，用不着化装了，就这样走吧。"现在我才知道黑姓米。老范两眼死盯着黑，两个便衣人就去扭黑的胳膊，黑没有反抗。看来她是有准备的。我想着她晚上对我说过所有的话。

黑出事了。

十一

黑出事了，她犯了罪。几天后的一个晚上，在我们的"抗小"教室里，召开对黑的宣判大会，黑的罪名是：经常出没于县城，给敌人传递我方情报。还说，县长的被捕遇害和她有关。

那天，我们全家都参加了宣判大会，黑被五花大绑着。房顶上有盏汽灯呼呼地照着她，她脸色苍白，低着头不看人也不说话。

我看见老范也在会场，他在一个黑暗的角落背着手来回走。

主持人开始列举黑的罪状，黑还是低头不说话，只在主持人宣布县长的被捕遇害和她有关时，黑才突然抬起头高喊起来，她说："我没有去过东杨村，我从来也没有去过……"县长被捕的那个村子叫东杨村。

黑说完，眼光在人群中一阵寻找，像寻找又像求助，我在远处看着她觉得她实在可怜，可怜得像一只受了委屈的猫或狗。

我觉得黑说的是实话，她没有去过那个村子。县长被捕的那些天，她一直住在我家，还教会了我跳《别露露西亚》舞。这个舞比《藏粮舞》要难得多。黑对我说这几天她没有任务，一定要教会我，还纠正我《藏粮舞》里的动作。她说，有句唱词也不对，不是"学会工作在田中"，是"血汗工作在田中"，后来我们就听说县长出事了，她还对我说："怎么让县长落在他们手里，你知道城里什么样吗？瘆人。真是的！"说时，眼里还转着泪花。

现在黑站在审判台上，她寻找的一定就是我，证明她那几天没有去过东杨村。可我不敢挤过去替她作证，他们给她定了那么大的罪过，说要从重发落。

黑在老师的备课室里押了一个晚上，第二天她才被押走。

十二

两个便衣人押着黑从我家门口经过，黑停下来想看看我们家人似的，可家里人不敢看黑。只有我偷藏在枣树上等黑的到来，我看见了她，她被倒绑着双手。两个便衣人用枪丑着她。

这天很热，她还是穿着她那件白褂子，阴丹士林蓝裤子，衣服汗湿着，前心贴后心，汗湿的头发也贴在脸上。黑不住扭着身子向我家看，她什么也没看见，没看见树上的我，走了。谁知，她将要去往什么地方，哪知第二天就有了黑的消息。

黑死了。死在一块棉花地里。一个叫老再的老头看见了她的死。

十三

老再说，黑被推进了花地，正在打花权的老再听到两声闷声闷气的枪响，他想这一定是黑出事了。

接着他就看见两个便衣像兔子似的跑出花地，下了道沟，跑走了。

过了一天一夜，村长领人才把黑埋了。埋时，好多人围住黑观看。我站在远处不敢近前，村长见我站在远处也朝我喊："三儿，就在那站着别动。"

我想，就要下雪了吧，下三尺厚吧，我使劲仰头看天，可这天太阳很毒，有人说黑都被晒出了味儿。

埋了黑，村长见我还站着不走，就拍拍我的头说："走吧，三儿。"我和村长并着往家里走，村长说："谁叫我把黑领给你呀！"他叹着气。

就在这天，我搬出了耳房，永远告别了我的小炕。我娘收拾着黑用过的被褥，我爹也站在一旁，谁也不说一句话。

十四

对于黑的死，总要有些后话的。那天老范又来了，我爹问起黑的事。

我爹问老范："按什么性质定的？"他问的是黑为什么被

崩在花地里。

老范说:"逃跑,押解中逃跑。根据有关规定,这情节可以开枪。"

老范抽烟,用手弹着烟灰,虽然烟灰尚短不够他弹的。我爹不说话,只疑惑地看着老范。我爹和老范对坐沉默许久,老范又接了一根烟。

我爹又问:"老范,你说东杨村事件真和黑有关系?"

目前县长的被捕遇害称东杨村事件。

老范想了想说:"黑虽然死了,东杨村事件还是一个悬案……"

十五

黑死后,县城里的日本人还砍了一个叫王五庆的伪军中队长。罪名是和一个叫黑的女八路"靠"着,泄露了不少皇军行动的情报。

十六

人们对于黑的身世来历说法不一。有人说，黑是一个邻县地主的二房（有说是三房），这二房和一个叫九岁红的艺人相好，被休了，黑就投奔了八路。也有人说，黑是保定二师的学生，专门回乡投奔抗战的，还自愿从事生前的工作。还有人说，她本是一名唱梆子戏的艺人。我倒觉得最后一种说法接近。想起黑在我家耳房小炕上，讲戏中那些冤死女人的故事，她还说过，凡是有关被冤死女人的戏都有看头。

2010 年初稿

2012 年再改

发于《当代》2014 年第 1 期

小本事轶事

人的本事有大有小

有人有大本事

有人有小本事

我写了一位外号"小本事"的人，和我同村

村中牛姓只一户。老牛姓牛名道厚，种一菜园，用一低矮土墙圈住。菜园毗连他的居室。夏天园内多种些莴苣、小葱、水茄子。入伏后改种萝卜、白菜。行人常抄近道穿墙而过，信手揪一把小葱，再用几片莴苣卷住嚼着。道厚老汉只说，吃、吃，水茄子也不小了。孩子们爱吃水茄子，揪下一个咬着，老汉也不说。白白的水茄子大如鹅蛋，水分充足，吃起来甜丝丝，解饿又解渴。

道厚老汉所生三子，名字均吉利不凡，都带出个"臣"字。老大名成臣，老二名迎臣，都已长大成人，在外地或打长工或打短工，常年不归家。三儿出生前家中只有道厚和老伴相依为命，靠了小菜园和间种的玉米高粱，可饥可饱地维持生存。道厚老汉常说，这一切都是靠了园中这眼甜水井。没有它的滋润，万物皆枯干，是这眼井滋润了他家。

　　但天有不测风云，偏偏老三又要出生，老三出生时是个风雨交加之夜，当一个赤红的"肉球"从老伴身上呱呱坠地时，老伴因血流不止而离世。而就在这一瞬间，甜水井也"枯"了，井的"枯"，不是水干，而是井壁的崩裂和垮塌，四壁的砌砖垮下来，将井埋去半截，成为井的废物——枯井。

　　可三儿却活了下来，一个赤红的"肉球"在炕上挣扎啼哭，道厚老汉一眼看去，他不似婴儿不似猫狗，只有一颗硕大的头颅压迫在一个鼓着的肚子上。老汉迎前摸去，但他有鼻孔也有呼吸，他寻思过把这东西扔进枯井中，再填上几锹土，让他和这井同归。但他忽而又发出恻隐之心，便又撕扯下几条旧棉败絮，将他包起，等待他长大成人。

　　道厚在园中深埋了老伴，盼望这"肉球"成人，并为

他取名为"名臣"。

名臣越长越有人模样了，但他生长缓慢，八岁时才有锅台高，一颗硕大的头歪向一边，压迫着一个歪着的肩膀，短胳膊短腿，走路也摇摆不定。但有一条，他能说会道，能发现问题，眼快嘴快。道厚在房中劳作时，名臣能及时发现他的不当之处。这使得越老越糊涂的道厚，倒觉出三儿的几分可爱。

名臣再大些时，常跨出短墙，把视野拐入当街，洞察人间烟火，发现人间一些出于常规的阵势，发出更具经典的"警句"。

村中有一家办喜事者，双轿进村，鼓乐齐鸣。众乡亲正站立两旁兴高采烈地围观，赞叹这桩婚事的气魄，名臣却在一旁发话道："二茬毛，值当的?"

二茬毛是对再婚女人的贬称，而这家男人却是未婚者。

村人追问名臣是怎么判断的。

名臣答道，这里的世故多着呢，递说你也听不懂。一副冷峻的面孔朝着追问者。

有好事者为证实名臣的论断便去打听内情，新娘确系一个二茬毛。

又有新婚者，新娘下轿后，村人发现她左眼突起着一朵萝卜花。乡亲们暗自议论。此时名臣也挤进人群中，又发警句说，看着吧，右眼还有大事哩。

果然，几天后新娘做针线——纳鞋底时，为纠正一处错误针脚，用剪刀挑开，准备再纳时，剪刀却直奔右眼，当即黑水直流，右眼完全失明。

自此，名臣得了一个外号"小本事"。小本事不仅断事不凡，两耳听力过人，记忆力也超强。

一次，小本事从村中一私塾窗前经过，听见窗内的读书声，先生正教学生念：苟不教，性乃迁，教之道，贵以专。小本事便记下了这书中的警言。

时，村中有杀狗卖肉者与小本事为邻。邻人每次致活狗于死时，常将狗吊上树干，用碗凉水猛灌进狗的嘴中，狗即丧命。一次邻居再用此方，狗却挣扎而不死。邻人正在无奈，恰逢小本事走来，想着"苟不教，性乃迁，教之道，贵以专"的句子，便走向前信手抄起一块砖头，朝着狗头砸过去。狗立时命丧九泉。事毕对邻人说：闹狗就要教训狗，它不死就属于"性乃迁"，叫它死就得"归一砖"。这是圣人之言，前街刘秀才正在教学生念哩。记住了，要紧是这后面的"一砖"。

邻人用此法，无不成功，常用煮熟的狗肉赠予小本事。

小本事只说:"也不为吃你这块肉才递说你'归一砖'的。"

邻人说:"知道,主要是为了你的本事。"

小本事嚼着狗肉还不忘哼唱着:"怀抱着皇家的印……"

哼唱"怀抱着皇家的印"是小本事早已养成的习惯。这句唱本出自京剧《大保国》。

小本事的本事越来越受到乡人的重视,说他的为人也厚道,习性很像他父亲的名字倒了过来。但小本事虽有"本事",但腹中常感委屈,于是为填腹中之饥,常生出些不大不小的无伤大雅的小计谋去填饱肚子。

那时,我们村中有集市,逢一、六过集。小本事常游弋于集市,停留于饮食摊位前。一次他在一位卖炸油条的锅前,久不离去,注视着油锅里的炸食长叹:"这,太费油了,太费油了。"卖主见是小本事在锅前长叹,便知他有省油之法,遂停下手中活计说:"小本事,今天我可遇到高人了。今天咱不吃锅里的炸货,走,下馆子去。走,老长店,黄焖鸡,葱花饼。"小本事故作推辞,二人还是走进老长饭店对坐下来,黄焖鸡、葱花饼自不必说,衡水老白干也少不了。酒足饭饱后,这正是主人向客人请教的时候了。

小本事用手背擦净油嘴说:"这样吧,你改行蒸馒头吧。"

主人本想与小本事发出些争执的，但念他平时为人，只说，算我上你小本事一个小当吧，知道你的肚子饿。小本事讪着也说："一个小玩笑而已。"

主人离去，小本事晃荡着身子走出店门，醉醺醺哼唱着"怀抱着皇家的印"。

当时村中有一习俗，遇婚事、丧事必得由"礼生"主持，但主持人要识字。

邻村距笨花村仅一里之隔，村小，无人识字。遇红白事便请笨花村一位秀才充当。是日，邻村有丧事，来请秀才做礼生，遇秀才出门，村人便半真半假地推举小本事去应差。此间小本事已粗识些文字，遇事不怵，说："叫我吧。礼生这点差事算个什么，无非按规矩吼两嗓子而已。"

小本事随人来邻村，当事人家中灵棚已搭就，孝子和小辈们正跪坐于灵棚等待开吊。礼生小本事来至棚前接过主持词进入礼生状态。

按规矩凭吊者开吊后，礼生要报出孝子及妻室姓名，向来人还礼施以谢意。此家姓潘，孝子名根升。妻子孙氏。吊唁者在施吊礼后，小本事手持礼单朗诵道："孝子翻跟斗还礼致谢！"孝子听礼生请他翻跟斗虽感意外，但由于身份原因还是就地翻起来，一个、两个……下面还有妻子孙氏，小本事将孙氏读成孩（还），说妻子孩（还）氏，意思是妻子也得翻。妻子一听她也得翻，一个两个……围观者皆大惊失色。事后有人问小本事这是什么规矩，小本事说："孝道之举有多种，翻跟斗是礼中之重，比二十四孝中郭举埋儿、丁香割肉还重。"

有人赞叹道，小本事快成大本事了。

我与小本事同村，常见小本事的本事发挥，但让孝子翻跟斗或属演义吧。乡人其说不一，有说翻过，有说并非如此，小本事把潘读成翻不假，那是礼单写得不清，此事成了小本事一桩断不清的"公案"，有人问到小本事，小本事只说年轻力壮的翻几个也无妨。

翻跟斗事件过后，小本事突然在村中消失，有说他去了省城谋大事去了。当然此时的小本事个头也有长进，二十几岁的年纪已高过窗台，走起路来也大步流星，去大城市谋大事也有可能。

时至二十世纪五十年代，当地因种植棉花而得名，国字号的棉纺厂在省城已建设不少，工厂招工时乡人多有投奔者，有乡人说曾见过小本事立于某大厂的招工广告前。果真小本事应试成功，入了一家国字号的大厂。

此时的小本事已很少回村，偶见他回村时，便是一身现代工人打扮：只见他身穿深蓝色夹克式制式工装，脚蹬一双翻毛大头皮鞋、厚底（这对小本事很重要），走起路来目不斜视，显出人的"伟岸"。不仅如此，制服胸前还有一排凸起的红字：国营第八棉纺厂。一团小字还围着一个更大如核桃的"浆"字。棉纺厂已明确了小本事的身份，但一个"浆"字可难住了众乡亲。有人找刘秀才请教，秀才说："好一个背字，浆和汤水有关，应该是一种较浓的汁液，豆浆也为浆，莫非小本事现在是一位卖豆浆的？"又有乡人说，也不对吧，开豆浆铺不会这打扮，卖豆浆，一副套袖一个脏围裙而已。

"还是问问小本事本人吧。"秀才说。有人便找小本事询问。小本事说："种你的地吧，工业上的事离你远哩，一环套一环，一扣连一扣。三言两语也说不清，给你细说吧我又腾不出时间。恁就往大处想吧，知道什么叫车间吗？不了解车间就不可能知道这个字的含义。下次吧，厂里开了支我请你下馆子吃黄焖鸡再递说你吧。"

小本事现在是一个吃商品粮有固定收入的人，身高又长了三五寸，加上他的厚底大皮鞋，骑自行车不用再掏着大梁骑了。现在小本事进村是要骑自行车的，他有一辆半新不旧的日本白熊牌二六自行车，平把，大后座。小本事骑上去，屁股在座子上扭个不停，但上路猛，轧起一阵阵尘土，一溜烟似的被尘土包围着前进。

　　日月荏苒，转眼已到二十世纪六十年代，小本事离村已有十多年之久。社会常发生巨变，一场被称作"文化大革命"的运动要涉及全国全民。各行各业都要放下手上的活，全身心投入史无前例的运动中。那时我已入文艺行，由于所学专业与演出团体有关，正服务于一个省级演出单位。运动对于这行更加苛刻，属于要改造的单位，运动也包括对于个人灵魂的改造。我们被圈在一个叫"五七干校"的地方，在那里自己动手盖房种田，参与被改造的各种活动。单位的领导也不再是领导，要有新的领导工宣队（工人阶级宣传队）来接替。一天，我们排好纵队等待我们的领导——一位分队长的到来，果然，一位马姓总队长把一位分队长领到队前，原来这位分队长不是别人，是小本事。小本事的工装已换成一身假军绿，假军帽也别着五星帽徽，脚上还是他那双翻毛大头皮鞋。总队长说这位就是你们的分队长，别看个头小，阶级立场可鲜明，觉悟也高。今后你们的改造就由他负责——工人阶级领导一切哟。他将和你们同吃同住，但和你们身份不同，今后你们个人的前途要由分队长来定夺拍板。他姓牛，牛队长。

牛队长（小本事）站立于马总队长的腋下，清清嗓子操着一口已改进的乡音（接近京腔），说："其实也简单，就目前形势而言，就是个站队问题，看你站到哪一边，是无产阶级一边还是资产阶级一边，过去站队站错了，站过来就是了。这可不是我说的，是'最高指示'指出的。也许有人问我，你呢，你呢。对，这是我应该回答的，不然没资格面对你们说大话，我敢吗？就我而言，站队问题没个错，一站一个准儿，为什么，阶级不同，一个根红苗壮的人，家里除了一眼枯井，什么都没有。没吃没喝没问题……"

小本事话到此时发现队中的我，但他的眼光机智地把我绕开，假装不认识我。自此，我只是他的队员，他是我的领导而已。

小本事接下去又说了一些不连贯的时尚用语，总结式地又说，好好改造吧，有我哩！话又带出浓厚而地道的乡音。

牛队长自有通情达理之处，白天站在队前训话演说，说些连自己也不大理解的豪言壮语，声称将来要"结合"在本单位（那时讲"结合"，是留下来做正式领导），我们这些被改造者大半都有被"开除"改行的"前景"，该卖萝卜的卖萝卜，该卖白菜的卖白菜……绝不手软。但晚上和我们同睡地铺而卧时，他便是另一个人了，使我又想到同村的那个小本事。

那时十二人为一班，同睡一地铺，初起说话谨慎，唯恐言语有失于自己不利，气氛沉闷。后来靠了小本事"道厚"的传家之风，气氛稍缓，大家也开始说笑话解闷，故事大半是有关"傻女婿"的。小本事不知不觉地也参与其中。

一次，小本事在被窝吸了一阵卷烟，开口说：给恁说个新鲜的吧。谁见过孝子在灵棚前翻跟斗，准没见过吧。就有，怪谁，怪"礼生"。先前这行当叫礼生，现在叫司仪，叫主持人。礼生发话，当事人就照办无误。叫你跪，你就跪；叫你哭，就得哭；叫你翻跟斗，就得翻。有一家办丧事，请了个礼生。孝子姓潘叫根升，礼生把潘念成翻，把根升念成跟斗。于是就变成了孝子翻跟斗。媳妇姓孙，礼生念成孩（还）氏，媳妇也翻起来，一个、两个⋯⋯这件事说明什么，说明当事人受了二把刀之害。这种人在你们中间有吗？有！为什么让你们接受改造，改造也包括了对二把刀半吊子的清除。都属封资修残渣余孽，现在讲"吐故纳新"，都得被吐出来。

小本事接着发挥，昨天看你们演出舞蹈，举手投足，有个无产阶级架势吗？手里捧的是"红宝书"啊，一伸胳膊像个"鹰拐子"。当然也有个别不赖的,比如那······谁,小本事没有再提"那谁"的姓名。

于是"那谁"就成了一个"悬案",说明"那谁"是受牛队长重视的。

当晚,地铺上一阵沉默,都在思考一个人——那谁。小本事唯恐有人追问那谁是谁,便机智地插科打诨地开辟了新的话题,说有个人在外地打工,遇天气寒冷又下了大雪,给媳妇写了一封信,让媳妇给他捎个被卧。因识字不多,错字百出,信中写道:天上正在下大白,家里有个好暖和,快给我走来。

媳妇接信一看,天上正在下大白,这是在下大雪。家里有个好暖和,什么暖和,还是我的身子。快给我走来,这分明是叫我去暖和暖和他的。于是去了,坐了一阵车,走了一阵子路,大晚上才到,一骨碌钻进了丈夫的被窝。

小本事讲完便有人发问:哎,牛队长把大雪写成大白,还有情可原,白比雪好写。这大被卧和好暖和比较起来,难度差不多呀,会写好暖和就不会写大被卧?

小本事说,你提的问题正中要害,故事的不合情理之处也就在这里。也是提醒你们,你写的、演的那些封资修作品大半都属于"大被卧和好暖和",不合情理。在工人阶级领导下接受改造的必要性也就在这里。

"那谁"是谁，成了一时的话题。

我们等待"那谁"浮出水面。

一日，大家正在食堂前排队买饭，牛队长也在其中。舞蹈队有个叫娜娜的演员走来，筷子敲着碗。她体态丰腴，浑身带出些风骚，走到牛队长身边，信手抻抻牛的毛衣袖子说："开线了，晚上我来给你修修……"牛队长故意把胳膊一抽，说："这碍什么事。"把破了的毛衣袖子搂了搂。有人眼尖，还发现两人交换了一下不寻常的眼色。

大家打饭回到屋，"开锅了"，高叫着："她呀！'红宝书'举得不低，胳膊伸得也直，她呀！"

"那谁"浮出水面，自然事情不会到此结束。总有"改造"不彻底的年轻人盯上了"那谁"和牛队长。舞蹈队的小伙子们精力也充沛，昼伏夜出地开始了对牛队长和"那谁"的侦察和跟踪。功夫不负有心人，调查终于有了结果。

一个春天的休息日，阳光也好。不远处的山脚下有片小树林，其中还夹杂着几株迎春和丁香，是个引人流连的好地方。有人预测到今日可能在这里有好故事发生，便早早埋伏于小树丛中。果然牛队长来了，骑着他那辆半新不旧的日本白熊牌自行车。大梁上坐着一位女士，便是"那谁"。女人被带不坐后尾而坐大梁是一种待遇。

什么待遇？高规格的。

二人在林中下车，牛队长把自行车藏好，下面的事不说也罢，男女之事吧……哪知二人正在尽兴时，两个小伙子上前将其摁住。二人跪地求饶半天，但费尽心血的小伙子们，哪能就此罢休——心想，牛队长你可是改造我们的"领导"呀，你还大言不惭地说要"结合"在我们单位，让我们去卖白菜、豆腐。我们可是被你改造的对象啊……下面当是向大领导的汇报，以及大领导了解后对小本事的处理。牛队长当然要另有下落。

一日，总队集合，排成纵队，总队长出现于队前说，今天集合不同于往常，有"好戏"看。少时，有人将小本事押在队前，总队长说明原因后，宣布将牛队长开除工宣队，并定性为"工人阶级的败类"。这时"败类"的铺盖卷已从我们的房间扔了出来。"败类"小本事将自己的行李抱起，捆于他那辆自行车又宽又大的后架上（好像那个宽大的后架就是为他这次的除名而设计的）。当他准备扬长而去时，却又欲去又止，朝着大家说："大家叫我队长，那是对我的抬举，其实我就是个'打糨糊'的。可是，"小本事用手猛指总队长高声喊着说，"他也是个'打糨糊'的，我们的车间叫浆纱车间。"

至此，"浆"字的确切含义也终于明确。

原来在一个纺织厂内的诸多车间内有个浆纱车间，任务是把织布前的细纱上浆，再入织布车间成布。现在是一个纺织厂的车间"包"了我们一个文艺团体的思想改造。至此小本事当然也要离开带"浆"字的车间还乡为民，回到他那个有"枯井"的院子里。

转眼又过了些年，常有人从老家来，我问起小本事的现在，他们说小本事考过电影演员，演武大郎，在电影厂门口一蹲几天，排队等待应试。但结果未被录取。原因是他比另一位应聘者高了半个脑袋。

现在呢，我又问。

乡人说，现在过得"可强"哩。凭着会打糨糊的本事，在村里开了一个裱糊店。裱糊住宅房间，也扎糊送葬时用的童男童女。但他懂得"与时俱进"的道理。产品一再更新，现在不光扎糊童男童女、八仙过海什么的，还扎糊"汽车"和"彩电"。他常问来人，扎个"奔驰"还是扎个"宝马"？来人说扎个"窝窝"牌的吧。小本事说，什么窝窝，还贴饼子呢，那车叫"沃尔沃"。不扎那个，那车叫中国人收购了，合资了，还是扎个正宗的美国车凯迪拉克吧，尼克松、肯尼迪都坐过。彩电呢，扎索尼吧，声音好，死人耳朵背。

小本事的扎糊，先用秋秸做骨架，再用他亲手打成的糨糊，把彩纸裱在骨架上，活灵活现，很受顾客欢迎。小本事还为自己撰写了广告词，门前显赫地写着：

纸扎活物现真情，裱糊房间像雪洞。

走进小本事的裱糊店，死活都满意。

2018年8月初稿于北京

2019年春再改

发于《长城》2018年

湖畔诗

一

那时，我毕业于省内一所卫生学校，属中专。在临床科学习时，老师让我注重妇科。毕业分配时，人事部门又问我，愿不愿意当司药，说，当司药可以留城。我想了想说，可以。

留城还是有吸引力的。是许多同学争取不到的一个好去处。再说，学医的分科是要由毕业后的实习专业决定。我们并没有经过实习，对于专业对口不对口也就无所谓了。再说我对妇科的认识"注重"还仅停留在书本纸面上。从解剖图上看，女人的子宫像个切开的梨，卵巢像只怪蝴蝶。

至于妇科那些更"深刻"之处，对我还是神话一般。这样，我就留城在一个不小的单位医务室当了司药。现在我与面前的瓶瓶罐罐、药粉、药片打交道。只待有女性患者凭处方取药时，我才有意无意地把她们暗藏在体内的脏器和我的书本知识相"对照"。这时，我常感到我内心的不洁。

单位的医务室，只有我和一位姓李的医生两个人。但我们所处的空间不小。我们把这间空旷的大屋子用布幔分割成了几个小空间，每个空间都有自己的专门用途。我站在属于我的这块空间里，面对我那一排被我擦拭得桌明几净的橱柜，心想，大医院也不过如此吧。

李医生是一位很有阅历的西医，他做过军医。但他在叙述他的军医生涯时显得有点混乱。他说，一次有件事他让小鬼去报告指导员，小鬼朝他打了一个敬礼去了。小鬼、指导员这当然是革命军队中的称谓了。小鬼通常是指为领导服务的警卫员或通信员。有时他又说，一次，他让勤务兵深夜十二点到劝业场买元宵，勤务兵也朝他打了个敬礼去了。勤务兵当然是军队中的另一种称谓。而劝业场在天津，天津当时是敌占区。有一次他还说，一个慰安妇找他看病。他用日语和她说话，慰安妇听不懂，原来这慰安妇是朝鲜人。还讲了这个慰安妇不少细节……这个有着高挑的身材、鼻子修长、眼窝深陷，看上去有几分西亚人血统般的李医生，彼时正值中年，且无家庭拖累，一个人独来独往。

我尊重李医生，因为他像我心目中的医生，无论是他那一尘不染的衣着，他那文雅的举止，就连他的洗手规则也都带着极严格的职业特点：手心手背搓擦几遍，然后又搓开五指，双手交叉又一阵揉搓，连指甲都不放过，最后用净水把手冲了又冲。李医生告诉我洗一次手有六道程序。至今他开处方还用拉丁文，他把拉丁文写得龙飞凤舞。虽然用拉丁文开处方已被废止，但李医生用。他说病人看到拉丁文从心理上已经得到安慰，你用中文写"苏打"就不如用拉丁文写"soda"；你用中文写"磺胺"就不如用拉丁文写"sulfonamidum"。拉丁文之于病人是一种必要的心理暗示。我赞成李医生的观点。我认真解读着李医生天书般的处方，和他准确无误地做着配合。

只有一点我对李医生心有不满，便是他对女患者的过分关照和"瓜葛"。在属于李医生的空间里，他和女患者没完没了地"瓜葛"，他本是正统的西医，却弄起了号脉、按摩、推拿一类。这使得他有更多的时间在患者的身上安抚、弹拨。他还与患者聊些与疾病无关的话题，诸如对蜂窝煤炉子的改造，用买脸盆的小票能在哪里买到水壶，的确良和棉布哪种织物优越。有时他还和女患者聊织毛衣的针法，我猜李医生并非织毛衣的内行，但他能说出不少针法和花样。诸如太阳花、萝卜花、玉米花还有大阿尔巴尼亚、小阿尔巴尼亚……女患者也津津有味地附和着，她们的笑声不时从李医生的空间升起。

二

买东西凭小票，改进蜂窝煤炉子，毛衣的针法都联系到阿尔巴尼亚。这是一个特殊的年代，当时国内正处于"三年困难"时期，国外有"帝、修、反"来和我们作对。地球上除了中国这盏"社会主义明灯"，远处只有一个阿尔巴尼亚国也点着一盏"社会主义明灯"，这使得我们不得不饥肠辘辘地和一个阿尔巴尼亚肩并肩地迈着前进的脚步向前走——"我们走在大路上"，像那首歌里唱的。于是，阿尔巴尼亚的毛衣针法也不远万里传过来。刚才我就是从单位礼堂听完政治报告走出来（那时的单位领导都要作报告）。领导在报告中先讲了目前形势、"三年困难"时期，又再次强调了"帝、修、反"的存在，然后说，现在我们的生活已进入到一个"低指标、瓜菜代"的时代。"低指标"是国家配给每个人的粮食指标要降低，"瓜菜代"是号召大家以瓜菜代粮。

还说目前这点困难要大家克服，谁也不要忘记地球上还有四分之三的人生活在水深火热中，这四分之三生活在水深火热中的人还要等我们去解放，虽然我们是低指标、瓜菜代。

我从礼堂出来拐进食堂去打饭。同志们已在食堂先我一步排起长队，拿饭盆的，拿饭盒的，拿钢精锅的。人们穿得很厚，有人穿着棉猴戴着帽斗儿，显得队伍十分拥挤，谁也不提刚才听报告的事，只搓着手、跺着脚、哈着气等打饭的小窗口打开。小窗口终于打开了，一股热浪从里面冲出来，把一个冰冷的食堂冲击得热气腾腾。人们开始把一张火柴盒大小的饭票递进去，把属于自己的那份饭食打出来。不久我也打出了我那份以菜代粮的饭食，往宿舍走，路过传达室时，传达师傅递给我一封信。这是一封来自老家的信，白报纸做成的信封上印着梁山伯与祝英台的戏装画。写信人是我的堂叔向老宽。

我回到宿舍，先通开炉子，守着炉子吃饭看信。今天的饭食还好，除了两个甘薯面包着的榨菜团子，还有一块"人造肉"。在此，我应该把"人造肉"作一介绍，因为它体现着我国人民在这个特殊时期的一项重要发明创造：这是由薯类和碾碎的玉米秸秆发酵而酿成的糕状物，一面涂着酱红色模仿肉的外形，更有能人在"肉"的侧面用颜色分出层次 —— 五花肉似的。目前我们单位全体职工分成班组，正轮番着制造。在一个地窖里，摆着各种容器 —— 瓦盆、脸盆、碗盘都有，再把所需原料填进去，让其发酵。现在我们这个班组的"造肉"工程，正在窖内实施中。

两个榨菜团子，也并非真正的榨菜，那是生长在我们这个城市东面大淀里的金鱼草。吃这东西能使人忘记自己的属性，想到的是牛、羊、驴、骡和水中的鱼类。但我们吃 —— 我们时刻牢记"低指标、瓜菜代"的口号，这里有最高领袖的最高指示的含义。领袖就有过"忙时多吃、闲时少吃"，必要时还要"杂以瓜豆"的语录。虽然现在的形势已不是多吃少吃的问题，瓜豆也成了新奇，但领袖的语录仍在鼓舞我们。大家以坚定的信念吃着盘中餐。

我吃着"人造肉"看信。信，确是老宽叔的笔迹，他识字，先前他在城里上过"高等"。他在信中叫了我小名后以自己的口气叙述道：恁家那几间没人住的老西屋，前几年生产队喂牲口占着。现在牲口被社员杀着吃了，房子也没人管了，快塌了，卖了它吧！时下咱村东头王老五的儿子当兵复员回来要娶媳妇买房，这也是一个机会。有机会咱就该利用。房塌了就不如卖了。信中还说，我们弟兄三人我最小可离家最近了 …… 老宽叔说得对，我的两个哥哥都是"三八"式干部，后来都南下任职。此事当然就落在我的头上。

面对信的内容，我困惑了好几天，回家卖房，在目前这当是一件不光彩的事，它不符合我们"走在大路上"的雄心壮志。这是一条不光明的小道。可又想到老宽叔"塌了不如卖了"这句话，我决定去和李医生商量。我把老宽叔信的内容告诉了李医生，没想到李医生赞同老宽叔的观点，他说话简单，他连着说了两个"卖"，又说"不卖白不卖"。不过他提醒我一定要到单位人事部门请假说明情况。最后，我受了李医生的鼓励羞羞惭惭地来到人事部门说明情况。人事部门领导说，你不是党员卖房自己负责。党员可不行，要受党纪处分，这行为纯属资本主义，复辟资本主义正是我们要提防的。这意识还联系着"帝、修、反"。"你没有听过报告。你看全国人民正在意气风发地干什么，你的行为又算什么！"面对领导的一席话，我面红耳赤地呆立半天，还是以老宽叔和李医生的话为标准向领导表态说："我愿自己负责。"

三

告别李医生，从我的幔帐里走出来，先坐四个小时的火车，又坐三个小时的汽车，归心似箭地往家奔。其实我乘坐的汽车是怎样的汽车，那是一种燃烧木柴的卡车。卡车上放

199

置着由半人高的汽油桶做成的火炉，靠劈柴在炉中燃烧产生前进的动力。乘客直挺挺地站在车上烟熏火燎随车前进。有乘客问司机，油呢？司机说：找"帝、修、反"要去。他们卡咱们的脖子。他说得半信半疑，脸上泛着滑稽的笑容。

汽车在我所熟悉的一条公路上摇头晃脑地前进，尘土从车后升起来，把车和人包围住。烟尘还轰赶着路边寻食的鸽子，我坐三小时"汽车"，再步行六里，来到我的家乡——兆州向阳公社笨花村大队。

现在记述我的村子，前面要加所属公社，我儿时不必，只说兆州笨花村。笨花村在兆州城东六里，一条深深的黄土道沟连着县城和村子。站在沟沿上向四周看，是一望无际的大平原。兆州就属于冀中平原。我踏着这条熟悉的黄土道沟向村里走。入冬后道边的野花野草已干枯，若是在夏天道沟两旁盛开着数不清的野花：大坂花、羊角蔓、婆婆丁、猫猫眼、猪耳朵……现在沟里只剩下细腻的浮土，你踩着它走路，浮土不住往鞋里灌。

细腻的浮土，这是我们家乡的特有。它细腻如面，如同女人粉盒里的粉，踩上去噗噗有声，你走着，它还会扑上你的裤腿、你的肩、你的头脸。少年时代的我，就是踩着这细腻的浮土在这块大地上发育成长。

再往前走，过一个少水的苇坑再过一个干涸的柳树坑，就是我的村子了。

天黑以前，我终于站在我家的老西屋跟前，果然，它破败得已面貌皆非：那是四面的残垣顶着的一个破败的屋顶。屋顶上长着枯黄的星星草，像一位秃顶老人稀疏的头发。

四

在笨花村，我家属大户，拥有的房屋当然不止这几间老西屋。抗战胜利，土改时，我家多余的房屋和土地被我父亲列出清单交给了农会。我父亲是一位懂得与时俱进的人，他善于先知先觉地跟时代走。他是五四新文化运动的当地传播者，还是一名受人尊敬的医生。许多女人还叙述着，她们头上的辫子是怎样被父亲动员剪去的。孙总理逝世后，是他一字不落地把"总理遗嘱"写在学校的影壁墙上。我还记得那面影壁墙，白墙上写着蓝字，开头是"余致力于国民革命……"有村民以为"余致力"是个人，问我父亲那是谁。我父亲说，那不是个人，是孙总理说的话，"余"是指孙总理自己，"致力"说的是他努力做的事。现在我眼前这几间破败的屋子，便是他的活动基地，他在这里看病、办学校，和村人讨论国内、村内大事。现在我通过一个破窗户向里看，先看见地上一些干涸的牲口粪便和一些零星的牲口草料，想起老宽叔说过的生产队在这里喂过牲口，继而又想到牲口们被杀的事。再向墙上看去，墙上还有这里做学校时的黑板，黑板上还有隐约可见的粉笔字，或许那就是个"泛爱众（众）"的"众"字，或许那就是个"甚嚣尘上"的"嚣"字。前者是《弟子规》，后者是《新民主主义论》。再细看，还有4/4或2/4的字样。那不是数字，那是音乐简谱中的节拍记号……

这时背后有个声音传来。这是老宽叔。老宽叔看见我扒着窗户向里看，说："这么说你是接到我打给你的信了，也不知道地址写得准不准。"

我转过身对老宽叔说："叔，我接到了，请了假。"老宽叔指着房子说："看衰败的。"老宽叔在房前走过来走过去，向上看看，向下看看。

他穿一双开了绽的棉鞋，步履蹒跚。我呆立在他身后。他弯腰捡起一块碎砖头，一面在手里掂搭着叹气，一面向我说起卖房的意向，还是说："卖了总比塌了强。"

我没有更多附和老宽叔的话，心里七上八下敲鼓一般。

老宽叔看我不说话，就说："也许你自有难处，走吧，先回家吧。"

老宽叔说的回家，当然是回他的家。他转身向前走，我跟上来。先前我们两家的院子有道墙相隔，现在墙倒了，迈步就来到老宽叔的院子里。他的院子很大，有几棵我所熟悉的老枣树。现在正是入冬时节，枣树叶子已落尽，几棵枣树下却有炕大的一块菊花地。雪白的菊花正放着花香。老宽叔见我注意菊花，就说：这不是花香鸟语，是县药材公司给的任务，入药用。晒干后交给人家，挣个酱油醋钱。

我和老宽叔一前一后来到他的屋里，屋里还是以前的格局，只是墙更黑了，家具更老了。婶子已过世，老宽叔身后无子女，现在只有他自己度日。我们分上下坐在迎门桌两侧。他还是说起老西屋破败的经过，说生产队怎么在里面喂牲口，又怎样把牲口杀了吃了，说牲口如何懂人性，被杀时纷纷掉着眼泪，有的牲口甚至对着社员下跪。他说着话，便伸出手张罗着卷烟抽。他拿过一个盛烟叶的铁匣抓挠烟叶，又不知从哪儿拿出一本砖头模样的厚书，从中哗啦撕下一页，就去卷烟。

看到这厚书，我心里往下一沉，这不是一本《圣经》吗？这是一本《新旧约全书附诗篇》。那种版本，我熟悉它，惊异它的存在。我从老宽叔手中要过书，翻动着，心跳很急。老宽叔却不经意地说："你认识这物件？"

我认识这物件，我打开这本《圣经》翻看，原来内文已经被老宽叔卷烟撕去不少，但扉页还在，扉页上还清晰地显示着书主人的名字，名字是用红蓝铅笔蓝色的一端写下的。那是"向湖畔"三个字。

向湖畔是书的主人。向湖畔是谁？是老宽叔的妹妹，我的姑姑。

五

我七岁了。七岁的我喜欢在大院子里四处游走观察，俨然一位"研究"者。我研究鸡的下蛋，看蛋是如何从鸡的体内滚出来的；我研究公鸡为什么总是比母鸡神气活现；狗为什么不吃猫的食；蜘蛛是怎样把自己的网挂在墙上；马蜂的窝原来是用我家的窗户纸做成的。它们叼走了我家的窗户纸，纸上才留下了一个个豆大的小洞。我游走着来到我家后院，后院有榆树、槐树、椿树，树下长着一人高的麻秸（苎麻），麻秸下有柔软的茅草。我坐在麻秸以下、茅草以上等有鸟到来，鸟不来，我就想事：前几天村里唱戏，我看见一个坤角儿的脸很白，手很黑；员外脸上挂的胡子要是挂在我脸上会是什么样……这时头顶上那棵大槐树又吸引了我，大槐树连着老西屋，我便攀着大槐树上到房顶。我想研究更远的事。

我家的老西屋位于笨花村最西头，坐在房上四看，能看出好远。

我坐在房上向西边看，西边六里就是兆州城的土城墙，城里有座古寺，古寺中有座塔，我们叫它"锥锥"，锥锥从城墙里边冒出来，高出城墙许多。城墙后面就是连绵不断的太行山。有个山峰像桃子，我们叫它桃山。有个地方像磨盘，我们叫它磨山。

我看城墙、看锥锥、看桃山、看磨山。

湖畔姑来了。湖畔现在十五，也许十六，她穿着短袖布衫，月白长裤，半走半跳地沿着连着我们两家的土墙走过来，像走钢丝一般。走近了，我看她光脚穿的布鞋有点歪。

湖畔个子不高，短发，圆脸，鼻子两侧有一小片星星点点的蚕沙（雀斑）。我常想，为什么有人长着蚕沙就难看，它长在湖畔姑脸上，她就更好看。要是她不长蚕沙，她一定就不是湖畔姑了。

现在我正坐在房上向西看。湖畔也坐下来，问我在看什么。

我说:"我在看城墙。"湖畔也朝着城墙看,问我:"你说城墙高,锥锥高,还是山高?"我说:"这三样,锥锥最高。"湖畔说:"一百个锥锥摞起来也赶不上山高。"我说:"为什么看着锥锥高,山倒矬。"湖畔说:"我递说你吧,这都怨山远、锥锥近的过。"我想了想,觉得湖畔说得对,东西们越远显得就越小,一头牛在近处看有半房高,在远处才像只狗一样大。飞机在天上飞只有鸟大,落下来也许有一间屋子大。我猜。

我们看了一阵城墙和山。我又"领"湖畔向南看。村南有座老土窑,土窑前面有棵柏树,远看像只鸡,人们叫它"鸡柏树"。

我问湖畔:"你说窑里能不能住人?"

湖畔说:"能,王宝钏就住过土窑,薛平贵也住过。后来薛平贵走了,王宝钏在土窑里一住十八年,没吃没喝靠挖野菜度日子。"

王宝钏和薛平贵的故事我也知道,笨花村有个秧歌剧团,就唱《平贵别窑》,也唱《武家坡》。《平贵别窑》说的是薛平贵去从军和王宝钏分别的事。《武家坡》说的是十八年后薛平贵又回到土窑夫妻相认的事。

湖畔说:"你盯住土窑和鸡柏树细看,窑前真像有个王宝钏一样,忽隐忽现。你看她在鸡柏树下,一会儿蹲下,一会儿站起来，那是她在挖野菜呢。"

湖畔又说："其实窑里窑外也许什么也没有，那是你觉得有。有时候你觉着有的事，或许就有，就能看见。"

我说："那是怎么回事?"

湖畔说："你觉得有的事，是你用了心，用心所看见的事，光靠眼看不见。"

我用心看了一阵子土窑，仿佛就看见了王宝钏在挖野菜似的。然后我又"领"湖畔向东看，东边十五里有个天主教堂。教堂里有座尖塔。听说塔下有个花园，常有牧师在花园里散步。都说牧师走路不回头，即使后面有人喊他，他也不回头。我问湖畔姑是真是假。

湖畔说："真是。牧师不是一般人，我佩服这种人，向前走，不回头。"

我们都向东看，也许都想着牧师的走路，直到有两只喜鹊从我们头上飞过。北邻居有两棵老榆树，树上有喜鹊窝，树下还有个大草垛，草垛挡住了我们向北看的视线。我们就躺在屋顶上看天。现在头顶上的大槐树正放花，一阵风吹过，槐花像雪片一样飘下来，撒在我们的身上，撒在我们的头上脸上。我们盖着槐花看天。天很蓝，很高。湖畔姑问我："看见了什么?"

我说:"看见了天呀。"湖畔笑了说:"这还用说。天上有星星没有?"我说:"白天哪有星星。"湖畔说:"我教给你一个办法,就能看见星星。"

她信手从旁边揪下几棵星星草说:"你叼住它,闭上眼,再看看。白天也能看见星星。"

我叼住湖畔递给我的星星草,闭上眼,我猜湖畔也叼着草闭着眼。

湖畔问我:"看见星星没有?"我说:"还是没有。"

湖畔说:"你准是没有记住我的话,白递你说了。你一面想,一面看,用心看。有没有?"

我一面想一面看,仿佛真看见了星星。星星还不少,连天河都有。我高兴地喊着对湖畔说:"看见了,看见了。真有。"湖畔倒不说话了。我睁开眼看她,她还在闭着眼,槐花撒了她一脸。不知她又在想着什么。

六

我八岁,正是抗战时期。村中无学校可上,我父亲就在我家的老西屋开办了一所家庭学校。他教识字,讲文化,宣传抗日。学生们年龄参差，有男有女。我父亲叫学生们从家中搬来自家的各式桌椅，不分男女围坐下来。我父亲站在桌前说：现在桌椅都有了，墙上还缺一面黑板，在墙上刷黑板得用"烟子"，可时下买不到这物件，怎么办？我想了个办法，咱们用"锅底黑"，锅底黑要到各户收集，收捡锅底黑每个学生都有责任。谁家做饭都得用锅，都得烧柴火，烧柴火做饭锅底下就有了锅底黑。于是一场"积攒捐献"锅底黑的行动开始了。学生们把自家的锅底黑刮下来，你一捧我一把地伸着两只黑手向学校跑。我父亲不知又从哪儿弄来"水胶"，有了水胶和锅底黑，他自己动手在我家老西屋的一面山墙上刷制了一面特大的黑板。

教室里有了黑板，我父亲站在黑板前讲课。没有正式课本，他就讲《弟子规》，讲《千字文》，还有一种半文言半白话的《实用国文》。

我和湖畔挨着坐。

我爹说：我主张念书要死背，死背是为了死记，记什么，记字，不是让你记讲究。有些书里的讲究也不一定对，你就说《弟子规》吧，"弟子规，圣人训"，就值得研究。弟子讲规矩应该，为什么非要圣人出面。再说这第三句，"首孝悌"，是让你孝敬门第，这句话也不能深究，对什么门第也要孝敬吗？他家要是汉奸呢，要是土匪呢，难道也要孝敬？所以我说，咱们学它是为了识字。一本《弟子规》和一本《千字文》总能让你认识千儿八百个字，识千儿八百个字也算是有文化了。这《实用国文》编得不错，不深不浅，是一本打基础的好书，你看：雁，候鸟也。秋则自北而南，春则自南而北，羽翼甚坚，飞时极整齐，或如一字，或如人字。讲的是大雁的习性。谁都看见大雁从咱们这里飞过，秋天向南，春天向北，再看见过雁，你就会想起这篇课文，知道雁属于候鸟，它还有守纪律的习性。这已属动、植物范围，也是文学。你们再看：曾参之子泣，参妻谓之曰，女勿泣，勿厌而杀彘，曾参闻之遂杀彘。说得多好，说的是大人不要骗小孩，说得到，做得到。许给小孩杀小猪，就杀小猪。

湖畔爱提问，我爹讲曾参的故事，湖畔就问："晨哥，谁是曾参？他孩子为什么哭？"

我爹叫向晨，湖畔叫我爹晨哥。

我爹笑笑说："曾参这个人离咱们可远，有两千多年，是孔子的弟子，孔子有弟子三千。曾参是其中一个，至于他孩子为什么哭，准是嫌他娘不给他买烧饼吃呗。他娘就说：杀个小猪不比买烧饼强。"

一屋子人都笑了。

我父亲就是这样教大家识字，把文化知识灌输给大家。后来抗日政府得知我们笨花村办了学校，就送来新书《新民主主义论》让我们念。我爹拿着新书说，这文章看似深奥，实际浅显，是目前抗日救国的大政方针。抗日也不能盲目、盲动。我们都似懂非懂地听。湖畔又有了新问题，她问我爹，《新民主主义论》里有句"甚嚣尘上"的话是什么意思？湖畔问"甚嚣尘上"，许多人也都喊着问。课堂上乱起来。我爹拍了拍桌子，"镇"住形势说："你们这就叫'甚嚣尘上'。一个问题至于乱成这样。这四个字也不用我解释了。"大家安静下来。这时我爹又说："不过这'甚嚣尘上'在这里说的是，在抗日的紧要关头，有些人光喊抗日不抗日，还惹是生非、说三道四。"

讲完"甚嚣尘上"，我们又该念诗了。我们念过的诗也是由浅入深。从最浅显的"一去二三里，烟村四五家"到不深不浅的"白日依山尽，黄河入海流"，再到深不可测的新诗我们都念。有些诗里那字们排列得实在莫名其妙。比如"怪道湖边花都飞尽了"和"大风刮过保育的大野"，我们实在不懂，但湖畔喜欢。她对我爹说："我就喜欢这样的诗。念它，我就像变成了另一个人，就像飞出了咱笨花村

一样。虽然湖边咱们没见过，但'大野'咱可知道，上到咱这老西屋房顶上四看，都是大野。"我爹说："你理解得不错，理解一点是一点。咱们不能光念容易懂的诗，也得念听不懂的。这就是文化。"

念完诗，我们该唱歌了。我爹举着新式唱本，把歌词和简谱写在黑板上，他先教学生识谱，后唱歌词，他用力拍着桌子，唯恐学生唱乱了拍子。他说，音乐就是几个音符的编排加上拍子，没有拍子就不成音乐。他教几遍歌谱歌词，就叫学生试唱。湖畔总是第一个站起来。湖畔唱歌，我爹站在黑板前脸上露出满意的笑容。我们听湖畔唱歌，像听"戏匣子"。

七

湖畔是老宽叔的妹妹，他们的爹和我爹的爹是兄弟，叫向运。向运有两房媳妇，老宽叔是原配所生，湖畔是二房所生。湖畔娘不是本地人，她娘年轻时跟蒸馍馍生意的父亲从邻县来到笨花村，笨花村就有了馍馍铺。那时的湖畔娘大约就是现在湖畔的岁数。她爹在馍馍铺揉面、使碱、做剂。年轻的湖畔娘就烧火拉风箱。

笨花村有了馍馍铺，像有了稀罕。这铺子的门正冲着当街，每当铺子开门，父女二人开始劳作时，门口就站满了看热闹的村人。他们一面看老爷子揉面、使碱、成型装屉，还不时把目光转向拉风箱的湖畔娘。那时不事农事的向运，也常来驻足观看，他不在意那个揉面、使碱的老人，而在意这个拉风箱的姑娘，虽然姑娘朝门的是个背影。直到馍馍铺的馍馍开了屉，向运就顶着一屋子热气首先走进来，他期盼湖畔娘亲自把馍馍递到他手中。向运大约吃了一年的馍馍，就托媒人说合，把湖畔娘明媒正娶地娶到家中。湖畔娘第二年生下湖畔。

那时的湖畔不叫湖畔，叫俊（她长得俊）。湖畔是我父亲为她起的大名。

我们上学了。有一次湖畔对我爹说："晨哥，给我换个名吧。"

我爹说："这为哪般？"湖畔说："长大了、上学了，不该叫小名了。"我爹想了想，出口成章地说："行，就叫湖畔吧。"湖畔说："这个名字好新奇，你给讲讲吧。"

我爹说："我教你们唱新歌、念新诗，那诗里就有一种叫湖畔派的诗。我发现你对这种诗念得最上心。你念过的那句'怪道湖边花都飞尽了',就是湖畔诗这一派。作者叫应修人,就是湖畔诗人。还有那句'好像大风刮过保育的大野',这是冯雪峰的诗,也是湖畔派。有些倒装句的歌词也有这个特点。就说你唱的那首《渔翁乐》吧,你看:渔翁乐陶然,驾小船。身上蓑衣穿。手持钓鱼竿,船头站。他不说渔翁穿着蓑衣、拿着钓鱼竿站在船头,他非倒着说。你喜欢这类诗、这类歌,叫湖畔最合适。"

湖畔说:"这名字新鲜是新鲜,也不一般,就是叫起来别嘴,不像咱这儿的人。"

我爹说:"习惯了,就好了,凡事都有个习惯过程。"

大家一听湖畔有了新名,就撺掇她唱歌。湖畔也不推辞,说:"行,我唱《春归》吧。"湖畔郑重地唱《春归》,声音发着颤,脸上冒着汗,汗浸湿着脸上那一小片蚕沙。

春深如海,春水如黛,春水绿如苔。白云快飞开,让那红球显出来,变成一个可爱的、美丽的世界。风,小心一点吹,不要把花儿吹坏。现在桃花正开,梨花也正开。园里园外,万紫千红一齐开。桃花红,红艳艳,多光彩。梨花白,白皑皑,谁也不能采。

蜂飞来，蝶飞来将花儿采。若常常惹动诗人爱，那么，更开怀。

湖畔唱完《春归》，大家还让她再唱《桃花江》。她又唱了：桃花江，美人窝，桃花千万朵，比不上美人多……

湖畔脸上带着无尽的笑容，眼里却汪着泪花，就像还浸沉在《春归》和《桃花江》里。大家喊着："湖畔就是从桃花江来的。"我看湖畔，就是桃花江来的美人。

八

那些年，不大的笨花村中有许多新鲜事，村民们常为"新鲜事"而兴奋，而惶惑，而悲伤。

后街有位师婆，自称"三皇姑"转世，她家里供着神龛，常年香火不断，很受人尊敬。天旱时，师婆便带领十八位老龄妇女到村头扫坑、求雨。此时，她身穿"偏衫"，戴戏台上的"髯口"，手持"鹰肘"，在众人前面走。随行者扛着扫帚、笤帚，在师婆的带领下，来到村西道边那个干涸的柳树坑里，拉开阵势，用扫坑的形式求雨，在飞扬的尘土中边扫边唱。

师婆在前领道："十八个老婆来扫坑，扫一扫，泳一泳，不多一时下满坑。"

众人合道："扫一扫，泳一泳，不多一时下满坑。"

师婆反复吟唱，众人不停地呼应清扫。村人驻足围观，不时仰望蓝天，切盼天降甘霖。据说，有一年就在师婆吟唱时，本是晴空万里的天空，忽然乌云密布，下起瓢泼大雨。于是师婆名声大震，扫坑的形式也延续下来。但求雨大多是不灵的。师婆也自有说法，说，那是天上龙多犯靠的原因。每年皇历上都写着这年有几龙治水。龙越多就越犯靠，也就形成了旱年。

我和湖畔也看师婆求雨。我们不见下雨，就顶着太阳，满头大汗回家去问我爹。湖畔对我爹说："龙犯靠是怎么回事，天上真有龙？"

我爹说："你们念过《千字文》，有句话叫'云腾致雨'，是说有云彩才下雨。云彩是哪来的，是水蒸气所致，水蒸气遇冷，就是水就是雨。看看家里做饭，锅盖上水和气的变化，不就一目了然。至于天上有没有龙，你自己解释吧。"

湖畔说："我不信天上有龙，我信天上有个万能主宰。"

我爹说:"我知道了,你脑子里又有了新鲜,万能主宰,这是基督教的观点。"

湖畔的新鲜,来自笨花村的又一新鲜,有位信奉基督的大娘,常常在街里边走边唱:"万有主宰可怜世上人……"有时又高喊:"我就是阿拉法,我就是哦梅嘎。"

于是"阿拉法"和"哦梅嘎"使湖畔也受到吸引。她不懂其意,就去问我爹,我爹说这是外国话,这出自《圣经》的启示录。"阿拉法"就是首先,"哦梅嘎"就是末尾。

湖畔问我爹:"你说真有上帝吗?"我爹说:"这件事,我这样看,信则有,不信则无。"湖畔说:"晨哥,你信吗?"

我爹说:"我看过《圣经》,只觉得世界上还有这么一种学问,不妨了解了解。"

湖畔说:"我也要了解,我得信。一个首先,一个末尾。人横竖是离不开这两样。"

我爹说:"湖畔呀,湖畔,你是个好新鲜的人,这件事我不能说多么赞成。你要是主意已定,我也不强制你放弃。再说,做礼拜,总比去扫坑强。"

湖畔说:"我主意已定。"

九

有位叫班德森的瑞典牧师在兆州的土城墙内，建起一座基督教堂。教堂建在一个高高的土岗上，远看和农家大院没什么两样：一带土墙围绕着一列土坯屋子。只在土屋子的墙上开拱形窗户，当地的窗户是方形的。人们从这座有着拱形窗户的建筑跟前经过，常听见从里面传出诵经声和唱诗声。那"阿拉法"和"哦梅嘎"就是从这拱形窗子里传出的。兆州人还由此处得知，基督徒过日子要用七天分割，七天的最后一天叫礼拜天，这天信徒们要聚会做礼拜。

我跟湖畔去做礼拜。她手里拿着的就是那本写着名字的《新旧约全书附诗篇》，她一手拿《圣经》，一手拉着我，朝着黄土城墙走。我们已忘记这沟边上野花的存在，只是一阵快走，一阵奔跑，让细腻的浮土尽管扑上我们的脚、我们的腿、我们的头和脸，直到我们站在教堂门前时，湖畔才将自己拍打干净，也把我拍打干净。

从前我和湖畔在这条路上走，她总是采摘一路野花的。她告诉我那种花叫大坂花，那种花叫婆婆丁，还有羊角蔓和茨茨果……有一种叫"黑老鸹喝喜酒"的花，花心里就装着"酒"，是一种淡紫色的小喇叭花。把花采下来，放在嘴里抿，就有酒味。还有一种花叫"猫猫眼"，是一种指甲盖大的小黄花。湖畔说，这种花可不敢采。"猫猫眼拿回家里打了碗。"她说。

自从湖畔有了《圣经》，一路上不再喝"喜酒"也不再提及"猫猫眼"打碗的事，只是一手拿《圣经》，一手拉着我，蹚着浮土奔跑。她唱歌，也不再唱《春归》和《桃花江》，唱《只有一位真神》，歌声随着我们在天空中飘荡。

我永远也忘不了湖畔得到《圣经》那天的情景，那是湖畔在做礼拜时，班德森牧师亲自将这本《圣经》递到她手中的。班德森的太太弹奏着风琴，在风琴的伴奏下，湖畔手捧住《圣经》，不是笑，而是哭。眼泪从她的脸上一串串地往下淌。班德森为她做着祝福，他对湖畔说，现在她就是主的女儿。湖畔哭得更伤心了，许多信徒都为她掉下眼泪。

扉页上向湖畔的名字也是那天写上的。那天她在街上的文具店专门买了一支红蓝铅笔。回到家中把铅笔削开，郑重地在扉页上写下了她的名字。

我跟湖畔去做礼拜。还参加了班德森的唱诗班。礼拜时，我们穿上白色的大袍，站在班德森的讲台前，和着风琴的弹奏唱诗。湖畔是唱诗班的领唱，每逢圣诞节更是湖畔展示自己演唱才能的时刻，她唱："圣诞节，大福节，天使降临大喜悦。高声颂赞基督降生，主把天门为人大开……"

我常觉得她的声音能绕过教堂的檩梁，穿过窗户，飞向云端。她用歌声迎接她心中的基督降生。唱完诗，她淌着眼泪向我跑过来，弯下身子把一张湿润热烈的脸贴上我的脸，对我说："基督降生了，基督降生了……"

不久湖畔要受洗了，异教徒把受洗说成"过水"。

班德森主持的受洗仪式真像是人的一次"过水"。

原来在这座黄土教堂里，有一方高出地面的讲台。讲台以下有个炕大的水池。平时水池有木板覆盖，班德森在上面讲道，他的太太在上面伴奏风琴。教徒接受洗礼时，木板被打开，池内要注满水。受洗人在"下处"更衣，要裸体穿上拖地的白布长衫。由领洗人率领，鱼贯走入池中浸泡自己。

这天我参加湖畔的洗礼，我看见身穿白色长衫的她走了过来，又见她走入池中。少时，水没了她的脚，水没了她的腿，水没了她的腰，水没了她的胸，领洗人指示她下蹲，直到她的头也浸入水中。当她的头再浮出水面时，清水从她的头上、脸上滑落下来，这时她露出的是一脸笑容，那笑是满足的，是平时少见的。显然她正用心体味着一个全新的自己。我猜她一定觉得离上帝更近了吧。

湖畔从水中走出来，浸湿的长衫下突显着她的身体，湖畔已是大姑娘。她全身湿润走过来，我低下头很害羞。一个湿漉漉的湖畔缓步走过人群，水珠洒了一地。

我们和着琴声唱：

我今受洗，进主羊圈。感谢赞美颂主恩。
……

十

我湖畔姑受洗后不久，把一个男人领进了家。

一天，老宽叔急急忙忙走过来，脸上带着无限的惊恐对我爹说："她晨哥，可不得了啦!"

我爹说："怎么了，你这是?"

老宽叔说："湖畔领来了一个人，穿着洋服，进门也不说句客气话，还用咱们的洗脸盆洗脚。"

我爹说："你说什么? 拿洗脸盆洗脚。"

老宽叔说："湖畔拿给他的。进门湖畔就给他用洗脸盆倒水，这人洗完脸就着脸盆又洗脚，咱也不能上前制止。"

我爹说："我倒要去看看这个拿洗脸盆洗脚的人。"我爹跟老宽叔往他家走。我跟在后面。我们走进屋，果然看见有个男人坐在迎门桌前挽着裤腿在洗脸盆里洗脚。他上身穿西服，胸前还飘着领带，留着分头，脸很白，眉毛很黑。湖畔看我们走进来就说："晨哥，我来介绍一下吧，这是韩先生，韩世昌，是教友，在棉产改进会任职。"

我倒见过这位韩先生，在教会做礼拜时，总有这位穿西服显得与众不同的人。募捐时，也总比别人捐得多。现在我爹和他说话，他就把脚踩在脸盆边上。我爹好像也听说过本地韩家。我爹先问及他父亲。韩先生吞吐着说，他父亲在一个"大乡"里任乡长。我爹只"嗯"了一下，没有就他父亲的事再说下去。

我们都知道"大乡"是怎么回事，那是日本人占领县城后，对一个县的地域划分。一个"大乡"管许多村子。大乡长由日本人选定。

我爹又对正在洗脚的韩先生说："我怎么称呼你，也叫韩先生？"

湖畔就抢先说："晨哥，可不行，你就叫他世昌。"韩先生也说:"叫世昌,叫世昌。"

后来湖畔递给韩先生一块擦脚布,韩先生跷起腿擦脚,我爹就和他说起了保定。原来韩先生在保定师范念过书,我爹为买书也常去保定。后来我爹又问到韩先生任职的那个棉产改进会。韩先生说:"棉产改进会,与时局无关,虽然是日本人办的,但只对老百姓有好处,它倡导棉农改良棉花品种,还给棉农贷款、贷'洋泵'、贷肥田粉。"我爹问:"它对日本人方面呢?"韩先生说:"想必也有利益。"我爹说:"这就对了。"

我爹和韩先生说话,湖畔就去给韩先生倒洗脚水。

我看见盆里的水很浑,浸沉着黄土道沟里的浮土。这是一个藕荷色的脸盆,雪白的里子,底上画着黛玉葬花。现在黛玉已被淹没在盆底。

我们两家都有这样的洗脸盆,那是我爹从保定买的。湖畔把盆倒干净,老宽叔连忙把盆接过去,拿进里间,他在意这个搪瓷脸盆。

韩先生说话,带着京腔,还夹杂着洋文。我大都听不懂,我看湖畔姑也常显出几分不自然。大家一阵阵"冷场"。

韩先生洗完脚,喝完水,走了。我爹把湖畔叫到我家说,这件事他已猜出了八九。还说,自由恋爱他不反对,大城市早就时兴着。可韩先生一家都跟日本人做事。这就有些门不当户不对。

湖畔对我爹说："自由恋爱还不到这一步。韩先生那个改进会，是提倡让老百姓用新办法种棉花，他做的也不是和亡国有关的事。"

我爹说："他那个改进会，听起来是为了中国老百姓种棉花，实际是为了日本人的利益。日本那么小的一个国家，什么都缺，棉花也是一大项。他说让中国棉农'改进来、改进去'，实际是为他们侵略中国多积攒物资，再说他爹那个差事，更非同小可，那是个地地道道的……"

我知道我爹是想说"汉奸"的。他面对湖畔没有说出口。

湖畔沉默着，沉默半天后说："晨哥，我祷告吧，听主的吧。我已是受洗的人。我的身心都是主的。新约'使徒行传'一章中写着：到了天亮，但见一个海湾，有岸可望，就商议把船拢进去不能。于是砍断绳索，抛锚在海里，同时也松开绳索，拉起头篷，顺风向岸驶去。晨哥，就让我向岸驶去吧。"湖畔两眼泪汪汪地看着我爹，像求情，像求饶。我爹沉默了。

后来湖畔走了，我爹一个人坐在椅子上，只是叹气。

十一

半年后，湖畔还是"砍断绳索，顺风向岸驶去"，她和韩先生"走到了那一步"。他们在班德森的主持下，文明结婚。我也做伴郎穿着教会为我做的礼服，参加了他们的婚礼。我头上使着油，拽着湖畔的婚纱，倒也神气。湖畔和韩先生在班德森太太的风琴伴奏下手拉手，走到讲台前，班德森为他们交换了戒指。

参加婚礼回来，我把文明结婚的新鲜，点点滴滴地告诉了家人。我爹说："这形式倒也适合湖畔。你说真要是用花轿把湖畔抬到别人家里，似乎倒不合情理了。"

十二

在老家，我还是放弃了出卖老西屋的计划，思想斗争着，想着"全国人民都在干什么，你这是在干什么"，想到我的前途，我那个温馨的、大医院一般的岗位。我说服了老宽叔，颠覆了他那个"卖了比塌了强"的真理。

我坚定地对他说："叔，就让它塌了吧。我们要走在大路上。"老宽说："歌里倒是唱过。"说完又不住朝我摊手叹气。

我站在我的老西屋前向它垂手告别。许多声音正从屋中传来。我爹说："念书要死背，死背是为了死记……没有拍子就不成音乐。"湖畔说："晨哥，我就喜欢这类诗。湖边咱没见过，大野咱知道。我就叫湖畔吧……"我又看见了那面由锅底黑刷成的黑板，抚摸着户外粗糙的土墙皮。想到几年，也许几十年后，这一切就都会不复存在，最后化作兆州的浮土，也随风飘扬。飘扬在兆州这块"保育的大野"，它化作诗了，湖畔诗……

老宽叔看我只是站着不走，就说："走吧，我知道你的心思了，我们要走在大路上。"我这才告别老宽叔离开了家。

我带着向湖畔的《圣经》回到我的城市、我的单位。一路上我把《圣经》包裹严实，唯恐再有损伤。这本《圣经》老了、脆弱了，再说，这东西目前应属于"禁物"吧，人们奉行的是"与天斗，与地斗，与人斗"，这才是其乐无穷。

李医生看到我的归来，没有问我一些家长里短，只对我说："快去配碘酒吧。"他又用拉丁文补充说了一遍。

李医生写拉丁文时，写得龙飞凤舞的，说拉丁文时，却带着我们的地方腔调。比如，他把"巴比妥"说成"巴比通"，把"皮拉米啊"说成"帕拉米洞"。李医生老家是我的邻县，说话时尾音很重。

我站到我的岗位上，把案台清理一遍，就去配碘酒。我先把碘片放到一个容器里，再按比例倒入酒精，慢慢摇晃，碘片很难溶解，要摇晃一阵。

李医生在外面对我说："咱们的人造肉出窖了。"我说："成功不成功？"李医生说："什么成功不成功，根据物质不灭的定律，发过酵的玉米芯子还是玉米芯子。药品里有安慰药，吃食里同样有。什么人造肉，讲营养还不如一块凉粉。"当然，李医生的话，很不合时宜，听者幸亏是我。有患者进了门，是位女同志。进门就喊："李医生，快去买甜面酱吧，不要票，光记本。我排了两趟队，买了多半瓶子。"

女同志大概已坐在了诊桌前，声音又不加掩饰地喊道："不来，横竖是不来，都仨月了。"

我知道她说的"不来"，是指女人的"月事"。我知道这个女同志是谁，是我们的图书管理员，长得不丑、不俊，脸上雀斑细密，像撒了一脸的碎茶叶末儿，所以外号叫"高末儿"，高末儿本是人们对一种碎茶叶的称呼。有人喝茶专喝高末儿。高末儿说话大嗓门，胸膛把衣服"顶"得很紧，有点招人。她结了婚，和丈夫两地分居。

李医生安静着。我猜他正在为高末儿摸脉。只轻描淡写地说着"浮""浮"。他说的是脉象。中医断病很注意脉象的"沉"和"浮"。而作为西医的李医生，当着患者也说脉的沉和浮，不当着患者时就说，脉搏只代表着心脏跳动频率，哪有什么沉浮，岂有此理。

李医生又对高末儿说"不来"是营养跟不上，脉浮也是一种现象。就让她找几把黄豆吃，说，没有黄豆，黑豆也行。甜面酱解决不了营养问题。

高末儿半真半假地说："咱有人造肉啊。"李医生不作声。高末儿又和李医生说了些可说不可说的什么，走了。下班时，李医生还是问了我回老家的事。我对他说："我改变了原来的主意。"李医生说："这么说，白跑一趟，也好，多一事不如少一事。"我没说话。我想，我没有白跑，我有收获。我收获了无尽的回忆，还有我湖畔姑那本《圣经》。

十三

湖畔姑和韩先生文明结婚，一时间成了全县的重要新闻。从此湖畔离开了我们笨花村，成了棉产改进会韩先生的太太。她和韩先生手拉手去教堂做礼拜，身上裹着旗袍，头上使着油。他们手拉手从人前走过，教徒都悄悄说着韩太太。作为韩太太的湖畔脸上总是挂着笑容，和教徒们打招呼，一副满足相。那时我不会说幸福。只觉得他们过得"不赖"。

我还在唱诗。湖畔看到我，把我叫到她身边，让我挨着她坐。她一边是韩先生，一边是我。我很拘束，不似我们在老西屋认字、在屋顶上看星星时自在，也觉出韩先生的多余。可我还是愿意挨着湖畔姑坐。

可惜，湖畔好景不长，日本投降了，县城解放了，班德森的教会停办了，他去了北京。

几天后，县城贴出了人民政府的告示：韩先生的父亲、那个日本人的"大乡长"，被政府按大汉奸镇压了。韩先生也连夜出逃失踪。湖畔只身一人又回到笨花村。她脱掉裹在身上的旗袍，换上从前那件阴丹士林蓝布衫，前后心都浸着汗，头发也不再使油，沾着道沟里的浮土。回村后的第一件事，就是找到我爹，她显得很紧张，很失落，很无助。

湖畔对我爹说："晨哥，快救救我吧，我这是怎么了，像一场梦，一场噩梦。"

她眼泪滴落着，滴在她的蓝布衫上。

我爹说："人的一生谁敢说摊上什么事，我不埋怨你的自由恋爱、文明结婚，我只埋怨韩先生的家庭不济，怪我没有制止住你。"

湖畔说："我谁也不埋怨，都怪我自己。现在我可往哪走呀？"

我爹说："以后的日子还长，要朝着光明走。解放了，新政权下有许多用人的地方，我会替你考虑的。"

我爹先让湖畔到县师范学校补习，然后她做了一名小学教师。湖畔又有了快乐。她对我爹说，她要忘记过去的一切，不时又想起那些湖畔诗。

十四

人们都羡慕我的"年轻干部的资格老"。当我还是那个按照李医生的处方配药，甚至做"全科医生"的少年，有时也会根据新中国建设的需要，被派到乡下去做"中心"工作，那时我便是一名"干部"了。比如，我曾被派往农村去动员农民多种棉花。当时的口号是：要发家，种棉花。我的目的地竟是我的老家兆州，我所去的村子叫大寺村。

我在大寺村村公所和村长见面。村长端详着我说："别看年轻，肩上的担子可不轻。全村三百户就听你调遣，你代表的是党和政府。"我代表党和政府向村长交代任务，说这次号召多种棉花是爱国行动，和日本那个改进会可不一样。为动员农民，我牢记这个道理，逢场合就说。

因为当地农民大都受过那个棉产改进会的"伤"。村长在安排我的生活时说："住，就住在村公所。吃饭呢，也别挨家派了，就到小学校去吃。那就两人，做饭时让他们多下半碗米就够你吃了。现在我就找人带你去认认门。"

村公所有盘大炕，我把行李放在炕上，跟一个半大孩子去认校门。当走到一条街的尽头时，听见不远处传来孩子们的喊声。当然这便是学校了。再向前走，看见一个青砖门楼，走进去，有一面白灰抹成的影壁。影壁后面就是学校的操场。现在，学生们在操场里围坐一圈儿，玩一种"丢手绢"的游戏。有位女老师站在当中指挥。她唱着《丢手绢》的歌和孩子们一起快乐地跑动着。原来这是我湖畔姑。湖畔姑也认出了我，她"扔"下学生，跳出"重围"，奔向了我。她拉起我的双手左端详、右端详，说："你怎么一下子蹿了这么高。"她脸上露出无尽的惊喜，眼泪夺眶而出，我的眼泪也掉下来。

我和湖畔姑已几年不见，我一定长高了。现在她穿一件灰色的"列宁服"，腰里系着腰带，显得人很干练，"女干部一般"。我觉得她脸和手都很皴。和以前穿旗袍的她，判若两人。我想，她是忘掉了过去的。

晚上，我和湖畔姑坐在一盏煤油灯下吃晚饭。家乡的饭菜我是熟悉的，小米粥里杂以山药（红薯），白萝卜腌制的咸菜切成筷子粗的长方丁。奢侈时，再滴入香油，湖畔姑的咸菜是滴了香油的。

有个男同志为我们添饭、上菜，他不住"拱"开门帘进进出出。这是湖畔姑的同事，姓朱。这位朱老师个子不高，脸上残存着"青春痘"，他少言语，有几分腼腆，饭菜上齐后，坐下来和我们一起吃饭。

湖畔姑关照着我，还不时用眼光关照朱老师，每当朱老师感到湖畔姑对他的关照时，便显出几分羞涩。这使我感到气氛的不同寻常。

吃完晚饭，朱老师收拾碗筷。湖畔姑问我学了什么新歌。我告诉她说，新歌倒学了不少。她说有一首"克什克尔舞曲"（大概是此音），新疆民歌，不知我学过没有。我告诉她，还不曾学过。湖畔姑说："我教你唱吧。"说着，从座位上站起来，清清嗓子，抻抻衣服，郑重其事地唱起来：

温柔美丽的姑娘

我的都是你的

你不答应我要求

我要每天哭泣

你的话儿甜似蜜

也许心中是苦的

你说你每天要哭泣

也许心中是假的

天空的颜色是蓝的

克什克尔湖水是清的

你若不答应我要求

我向克什克尔跳下去

你的话儿真勇敢

恐怕未必是真的

你向克什克尔跳下去

我便决心答应你

亚沙松　　亚沙松

黄色的赛不得亚沙松

亚沙松　　亚沙松

蓝色的克什克尔亚沙松

　　湖畔姑像是在表演，她唱得动情，眼里浸着泪花，虽不一定和原歌一样。朱老师倚在门边，默默地注视她。有时他们的目光分明在对视，有意无意地做着交流。

　　这一晚，我觉得非同寻常。我们正被一种气氛笼罩。许多年后，这一夜仍在眼前，那一夜是愉快的、凄婉的、热烈的、神秘的。

　　夜深了，煤油灯里的油就要烧尽了。我告别湖畔姑回村公所。湖畔姑送我出门。朱老师只为我们撩开了门帘站了下来。也许他意识到，湖畔姑要对我说些什么的。但湖畔姑在送我的路上什么也没有说，快走到村公所时，才问我："你也是来让老百姓种棉花的?""是。"我"吞吐"着说。显然我们都想到了那个"棉产改进会"吧。我们都不再说话。

在几棵乌黑的老树上,有一只什么鸟正在鸣叫,声音传得十分悠远。湖畔姑说:"这不知是什么鸟,在咱们笨花村从来没有听见过这鸟叫。"显然,湖畔姑又开始了一个可有可无的话题。我们避开了那个"棉产改进会"。

湖畔姑把我送到村公所门前,转身向学校走去。

晚上,我躺在村公所的大炕上,几句歌词不停地在脑子里盘旋:"我的都是你的 …… 我向克什克尔跳下去。"我眼前出现着湖畔姑和朱老师做着交流的目光。

十五

我完成了我的宣传"种棉"任务,回到正式工作岗位。半年过后,我接到父亲的信,信中说,你湖畔姑"出事"了。还说,事情关联着一个姓朱的老师。朱老师已被抓走判了刑,而你湖畔姑 …… 可怜呀。我爹用了一个可怜来形容湖畔姑目前的状况。信中还说,如果有时间,就让我回去看看。

我决定回家去看看湖畔姑。

事情是这样：果然那一夜我所感到的愉快、凄婉、热烈和神秘得到了证实。湖畔姑和朱老师犯了"奸情"，那时叫"男女关系"。他们是被人当场抓住的，就在我号召种植的一块棉花地里，当时正是棉铃盛开的时节。据捉奸人讲，他们正在棉花地里尽情做爱。之后，二人被押在小学操场批斗后，朱老师被当场押走，湖畔姑本来也要被押走的，但她疯了。她当场脱掉自己的衣服，在操场里跑着、唱着"我的都是你的"，不顾村人的围观。她被送回了笨花村。

我看到湖畔姑时，她被藏在老宽叔家一个废弃的菜窖里，裸着身子，身旁是一堆她脱下的衣服和一些排泄物。

我爹、老宽叔和所有家人都陪我来看湖畔姑，只见她蜷曲着自己，一头纷乱的柴草般的头发遮着她的脸和肩，当她知道窖口被打开阳光照进来时，从地上一跃而起，开始朝着我们、朝着天空喊："这就是克什克尔，我不跳谁跳。克什克尔，我不跳谁跳……哦，春，锁在嫩绿的窗里了，啊，伊们，管不住春的，飞了，飞了……天国近了，时候到了。"

她的呐喊里是包括了"克什克尔舞曲"的歌词、湖畔派诗和《圣经》的。

过后我问老宽叔，不能把湖畔姑接上来吗？老宽叔说，不行，不穿衣服满街跑，说些不着调的话。我问我爹怎么救救湖畔姑。我爹说，他治不了自家人的病，他正四处求医。

十六

有位专治疯癫的名医，给湖畔姑下了猛药，她好了。

我爹又给她打听到了她丈夫韩先生的下落。她又投奔韩先生去了。韩先生隐姓埋名在内蒙古的一个叫呼图尔的地方。

十七

我在我的"天地"里和李医生对话。李医生提醒我该做脱脂棉了。我们没有真正的脱脂棉，就把普通棉絮下锅煮，煮后晒干，就成了脱脂棉。

有患者进了门。还是那位高末儿。她进门不再和李医生说买甜面酱的事,只高喊着"来了、来了"。又说,来是来了,就是不准。当然她喊叫的又是她的"月事"。这次,李医生没有给她摸脉,只不停地说着她的腹部长腹部短,他说话声音小,就像怕我听见似的。李医生为女性诊病,涉及隐私时,声音就压得很低。

我知趣,捧出我已准备好的棉絮和钢精锅就到厨房去借火,炮制我的脱脂棉。谁知当我再回到我们的医务室时,屋内正发生着一件出人意料的事:高末儿涨红着脸,摸着自己的裤腰面对李医生,怒不可遏地"说事儿"。她看我进来又将自己转向我说:"你再年轻,在这儿工作,就是医生,是不是?是医生就得有点医生的规矩,有点行医的医德,是不是?你听听,说我的'不准'是子宫歪,要给我正子宫,怎么正?让我脱了裤子揉我的肚子,揉揉肚子吧,这也没什么,我配合了。七揉八揉,还要往下揉,下边是哪儿你也明白,这就非同一般。你们别看我爱说爱笑,我可不是那种人,你们认错人了。我看你们是不想干了。可以,你们等着的,我有地方反映。"

高末儿一口一个你们,就像我也成了"同案犯"。高末儿愤怒着自己跑了出去。事情很明白,要有所"发展"。

李医生垂着头，也不看我，回到自己的空间坐下，他面色苍白，已知道这次的"正子宫"事件的严重性。几天后，他果然被人事部门"传"了过去。再后来，他离开了我们这个共同的空间，被发配到一个很远的地方去"改造"了。

现在，我一个人站在这个大空间里，患者不得已把我当医生使，我用拉丁文龙飞凤舞地开处方，自己捧着自己龙飞凤舞的处方去取药。高末儿也来。我们谁也不提以前的事，就像什么也没发生过。我倒自然而然地常想到她的子宫。从解剖图上看，女人的子宫像个切开的梨。

十八

李医生一去，好长时间没有音信。谁都不知道他去了何处。

一年后，我路过传达室，传达室师傅把我叫住，举出一封信说："又是你的。"

我接过信，这不是老宽叔的字迹，是李医生。我熟悉他的字，中文的、拉丁文的。发信地点是内蒙古。

我迫不及待地把信打开，边走边读起来。他说，他很想念和我一起相处的日子，他也很想念我们共同建设的那个空间。一切都是由于他的"不慎"所致。目前他在内蒙古一个叫呼图尔的地方。这是一个典型的游牧"村子"，四周人烟稀少，只有沙漠和牛羊。开始他寂寞难耐，后来认识了一个人，这人叫湖畔，她本来是投奔她的丈夫的。可惜在她来之前，她丈夫就被遣返回原籍了。他是个潜逃犯。湖畔一人在此艰难度日，后来我们相识了，再后来就住在一起了。边边缘缘的地方，没人理睬我们……

李医生还说道，湖畔这位女子说话很少，连她的名字也不愿解释，可她绝对不是一般人。她人好，看来文化也很深。当然她也有坎坷。假如你我再有机会见面，我一定会把她介绍给你。

最后，李医生又说，别看咱们那个地方小，能锻炼人，这一点比大医院还优越。

李医生又写道："就写此吧，湖畔叫我吃饭。至今她做饭闻不惯烧牛粪的味道。呛得她直咳嗽，我已到'旗'医院给她拿了 Licorice pieces[①]。"

---

① Licorice pieces：甘草片。

天下竟有如此巧合的事。我手捧李医生的信在院里呆立良久。我想到几句湖畔派的诗：

……他怎寻得到被禁锢的伊呢？他只迷在伊的风里，隐忍着这悲惨而甜蜜的伤心，醺醺地翩翩地飞着。

隐忍着这悲惨而甜蜜的伤心，只怕是……

1992 年初稿

2012 年春节改过

2013 年 5 月至 12 月再改

发于《当代》2015 年第 2 期

美术作品

赵州梨花　布面油画　150cm×180cm　2011年

赵州梨花

赵州的梨树群广阔得像一望无际的海洋
赵州的梨树开花
没有童话般的妩媚和乖巧
是扑面而来的壮观
这里有上千年的老树
老树开花更显出它性格的坚韧

老杏树　纸本水粉　56cm×71cm　1979年

老杏树

一棵顽强的老杏树
顽强地开着花
还要顽强地结果

炕 —— 铺被　布面油画　22cm×27cm　2008年

炕 —— 铺被

女人在炕上活动的一景
是人类生活着不可缺少的一景
"铺"可以是这样的
也可以是那样的

红柜　布面油画　80cm×100cm　2007年

红柜

全家的粮食
女人的活计
针头线脑
都装在这个红柜里
女人自然要围着它转
这里有人类真实的生存状态

炕 —— 铺被 纸本水彩 14cm×20cm 2010年

炕 —— 铺被

北方农家的炕
是个温暖的角落
炕的温暖
还来自女人的打理

炕 —— 剪趾甲　布面油画　30cm×40cm　2006年

炕 —— 剪趾甲

还是一个女孩
坐在炕沿剪趾甲
剪得认真
剪得自然

没有风的日子　纸本水粉　50cm×90cm　1977年

没有风的日子

我画写生
常遇到人们评论和褒贬
他们为我画得"像"而兴奋
为我画得"不像"而败兴
有群姑娘围着这张画评论
有人说是草垛
有人说是一团麻
有人说看见了面条和菜包子
有人看到了杏树才恍然大悟
说，山前树后是他们村
这天没有风

山上有羊群　纸本水墨　75cm×105cm　2016年

山上有羊群

也是太行山前的风景
如梦的太行现在变得现实了
山上山下包容着各种生命
羊群只能是山的点缀

秋之韵　布面油画　22cm×27cm　2007年

秋之韵

后面黑压压的不是天
是山
野三坡的山性格野得不可预测
现在它阴沉着脸
注视着眼前的野草地和三匹餐后的马
草地和马却没有在意山的阴沉

塞上六月　布面油画　110cm×140cm　2021年

塞上六月

夕阳照耀下的院落
夕阳照耀下的牛
在坝上才有如此纯净的夕阳
牛和主人沐浴着纯净的夕阳
才会忘掉一天的疲劳和烦恼

太行山　纸本水彩　40cm×54cm　2001年

太行山

太行山的性格最难捕捉
有时你觉得它是山
有时你觉得那不是山
是颜色在搏斗
就如此时此刻

收割之二　纸本水彩　40cm×50cm　2002年

收割之二

这是北方山民的收割
收获在打麦场上
有只叫作"打场上供"的鸟正从他们头上飞过
它提醒人们打场了，上供吧
你的收获是靠了"神"的主宰

玉米地 —— 下河者　布面油画　100cm×80cm　2004年

玉米地 —— 下河者

还是一位下河者
有了玉米地的遮掩
才会显出无比地放松
一切都是自然而然

收麦子　布面油画　130cm×150cm　2018年

收麦子

麦收打场一对夫妻在担当
那时改革之风已吹入这个山区的村子
夫妻二人有了自己的土地
自己收下的麦子颗粒格外饱满
眼前成堆的麦粒预示自己命运的改变
扑面的麦糠飞舞
随着主人的心绪在为他们的生活张扬

路　纸本水粉　60cm×70cm　2009年

路

这条路画自张北草原
一次有位朋友问我
路的那一头是什么
我说是诗
我在张北草原见过、画过许多条路
面对脚下的路我实在不愿走开
为什么
因为它们实在是诗
诗不尽在路的那一头

路　布面油画　40cm×50cm　2009年

路

广袤的原野
散漫无序的路
它敞开胸怀
包容着不同的行人

收割之一　纸本水彩　40cm×50cm　2002年

收割之一

收割季节
大地在一片喧嚣之后
便是暂时的寂寥
等待的是明年再次的喧嚣

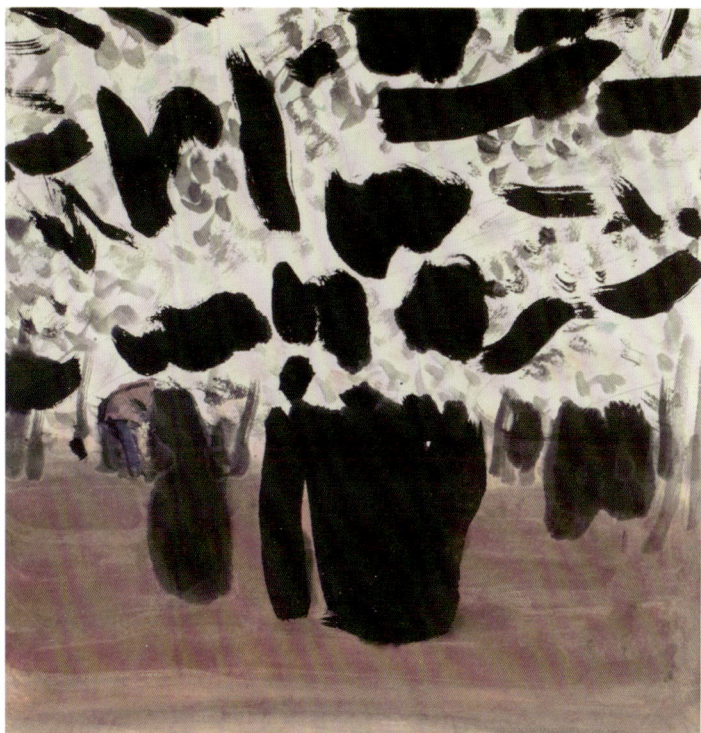

赵州梨花　纸本水墨　42cm×42cm　2017年

赵州梨花

还是赵州梨花
用这种形式表现
或许到接近了梨树开花时的性格
它无妖媚
大气磅礴

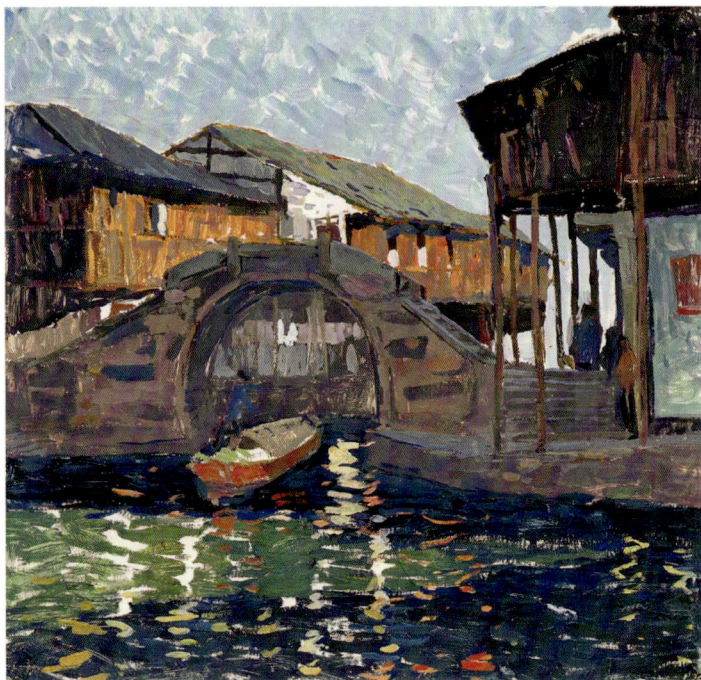

柯桥镇　纸本水粉　53cm×57cm　1980年

柯桥镇

江南名镇柯桥
不远便是鲁迅的故乡了
我画它是为设计一出鲁迅的话剧寻找素材
也是把控水彩画的表现力

收玉米　油画　100cm×120cm　2003年

收玉米

秋天是收获的季节
是黄金的季节
黄金是宽厚的大地铸就
是大地的期盼
是人的期盼